北京汉阅传播
Beijing Han-read Culture

池波正太郎

IKENAMI SHOTARO

七曜文库

吉林出版集团有限责任公司

真田太平记 十 · 大坂夏之阵

曹逸冰 译

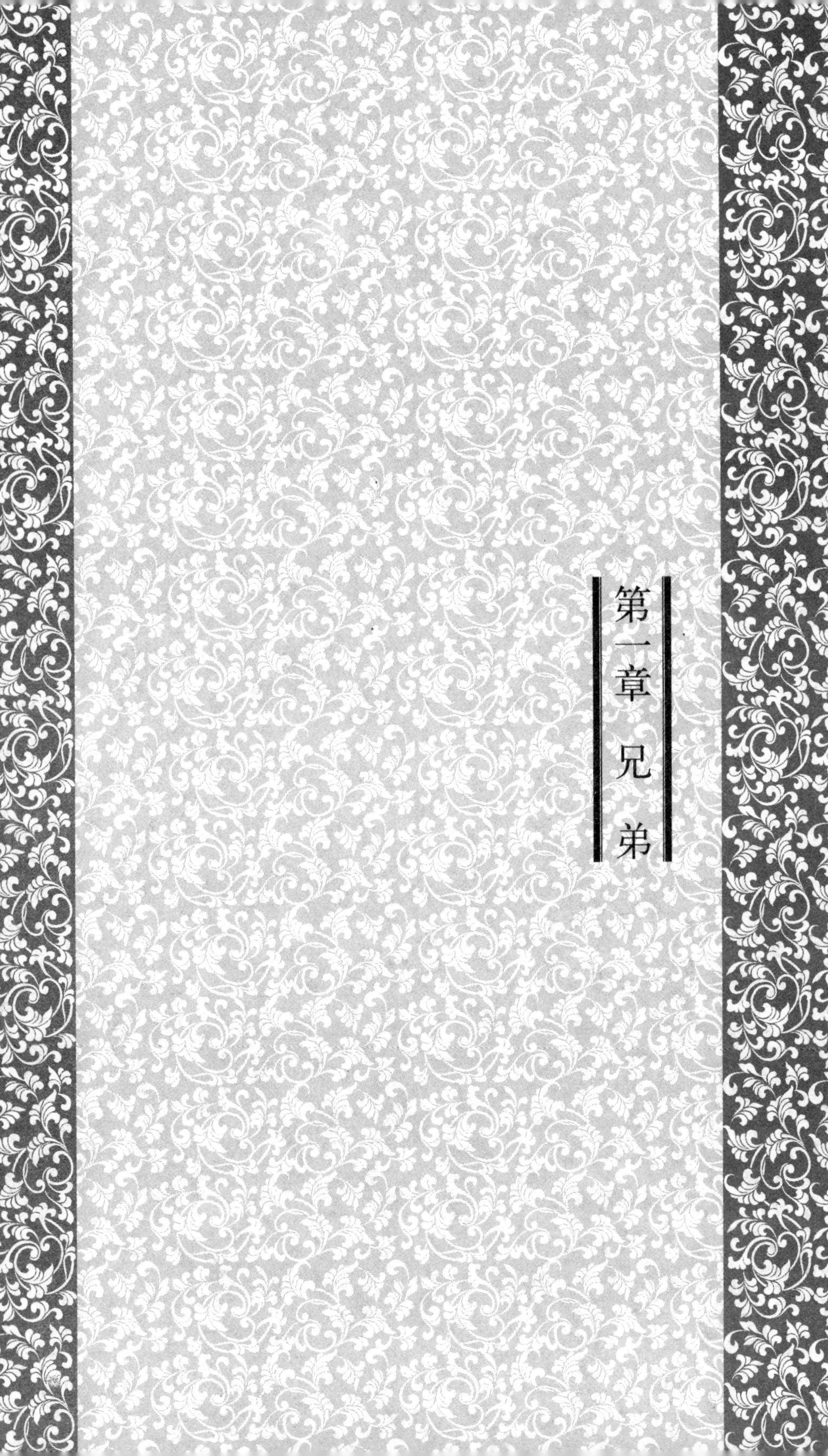

第一章　兄弟

第壹话

是役，泷川三九郎一绩随将军德川秀忠而来，又担任大御所德川家康之使番，至家康阵所待命。

家康的使番自然不止三九郎一人，总共大概有十五人。他们身负将家康之命送到四面八方的重任。

史称"大坂冬之阵"的战役中，泷川三九郎完全没有立功。他这个人根本就不重功名，固然尽忠职守，完成上头安排的任务，其他方面却很内敛。

家康不禁苦笑，想不出三九郎到底有何追求。

十二月二十五日的深夜，德川家康离开茶臼山阵所，次日一早回到了京都二条城。

"三九郎，回御所那里去吧。"

家康让三九郎回到了将军秀忠的本阵。

冈山本阵的秀忠按兵不动，迎来新的一年。

东西两军兵刃相接的"战争"的确结束了——不，是"休战"了。

实际上，大御所家康撤回京都之后，东军"抢时间"的战争才真正开始。

总构的外壕被填上了大半。

二十六日一早，本多正纯派人出使丰臣家，质问道："我方如约拆除总构设施，尔等却全无拆除二丸、三丸设备之意。长此以往，何时兑现诺言？倘不拆除完毕，远道而来的将士便无法归国。幸喜我方人手充足，索性助贵方一臂之力。"

结果，东军倾全军之力，拆毁了二丸、三丸的围墙和矢仓，将战壕悉数填平。负责拆除总构设施的不光是八万余名劳工，更包括出征大坂的东军将士，总共怕有二十万人。

大坂方面登时愕然。本想着两军一旦议和，东军便当离去，撑死留一点兵力驻守，此际不免激愤难堪。

"拆除二丸、三丸本该由我方负责才是！"

休战条约签字落款，只是四五日前之事。

大坂城内召开紧急会议。众人开会期间，东军填埋战壕、拆除城防设备的动静片刻不停。

大野治长万般无奈，只得同织田有乐斋去本多正纯的阵屋求见。正纯的家臣称正纯偶染急病，无法会见他们。不管他们如何恳求，正纯就是避而不见。两人唯有折回城中，继续开会。

三番两次求见无果，拆除工作却是进展神速。短短两天内，围墙、矢仓便皆告消失。

填埋战壕着实累人。尤其是二丸的战壕，宽七十二米，最宽一带更是百米有余，水深五至七米，最浅处亦有四米。东军足足花了一个月的时间才将之填平。

期间，丰臣家几次求见本多正信、正纯父子，无奈对方含糊其辞，能躲则躲，否则就称病不见。搞得他们只好回城开会。

三四日后，丰臣家无法可想，索性一状告至京都的所司代板仓胜重那里，求他出面相助。

板仓当然不会搬石头砸脚，推道："待本多父子病愈再议。"

议和之时，拆除二丸、三丸设施确实谈妥由大坂方面负责。若大坂方面立刻动手便要另说，但他们确实无意开工，此际不免理亏。

当时没有敲定具体的填埋日期。

要填埋二丸战壕，土堤的土自然不够。东军拆除各地矢仓，推倒了织田有乐斋和大野治长的府邸，将建材丢进战壕，由此可见其做法实是相当强硬。

话题说回泷川三九郎。

十二月二十九日午后，三九郎一绩征得将军秀忠许可，只身去了沼田真田家的阵所。是日，自翌年正月开始的拆除工作分到了各个部队。将军回江户后，除事先安排好的残留部队与工人，诸大名部队皆可归国。

真田家当主信之的两个儿子信吉、信政率七百士兵扎营鸭野村。出了大坂城向东而去，平野川、猫间川之后便是鸭野村了，真田部队布阵村北，南侧则有佐竹、上杉、堀尾、户田、牧野等队阵所。泷川三九郎自南向北，骑马缓行。

开战期间，三九郎曾两次造访真田阵所通报家康之命，所以信吉、信政兄弟和家臣们都认识他。

泷川三九郎之妻是真田昌幸之女，故信吉、信政兄弟皆是其甥。

河内守信吉是信之长子，是年二十有二，弟弟内记信政十九岁。

信吉郑重欢迎三九郎，笑道："舅舅总算来啦。"

三九郎此来没有要事，只是想消磨一下时间罢了。

是日万里无云，而且非常暖和。

三九郎和真田兄弟、众家臣围坐户外床几，交谈甚欢。他们眼前便是平野川的美景，而远方的冬日树林和湿原彼方则是大坂城之天守阁。

"咦？"河内守信吉背后的中年家臣藤田小传吾突然喊道，"那是不是左卫门佐大人？"

关原一役之后，上田的真田氏本家被废，藤田无奈从那本家投奔沼田，自然不会忘了左卫门佐真田幸村的容貌。

藤田小传吾指着对岸树丛，众人随之望去，只见一名便装武士率十名轻装武士骑马而来。冬日的暖阳下，平野川面闪闪发光。

来者正是真田幸村。

"真的是左卫门佐大人！"

"哎呀！太想念了！"

大家纷纷跑去。

"大人老了！"

"跟老爷（昌幸）简直是一个模子刻出来的！"

"一点不错，一点不错！"

"握缰绳的手势都没变呢！"

"想当年，他只是源二郎大人的时候……"

垂垂老矣的家臣们均是热泪盈眶。

幸村至阵所附近下马，对河内守真田信吉微笑道："河内守大人，在下是真田左卫门佐。"

幸村有十五年没见信吉、信政兄弟了，两兄弟当年尚是四五岁的幼童。然而，他一眼便认出了两人，只因信吉长得酷似兄长信之，信政则像母亲小松殿。

"河内守大人，内记大人，二位都长大了呀……"

见幸村感叹两个侄子的成长，家臣们纷纷洒下男儿热泪。

"叔父……快请进！"

河内守信吉恭恭敬敬将幸村迎进阵所。

第贰话

泷川三九郎现身之时，一贯冷静的幸村不觉大呼道："哎呀！三九郎！"

他紧紧抓住三九郎的双臂，不住摇晃，整个人险些扑了上去。

"想不到此时此地竟会相见……"

幸村一时语塞，泪如泉涌。纵是向井佐平次和阿江，都不曾见幸村如此真情流露。

十四年前的关原之战前夜，真田昌幸、幸村父子投向西军，坚守上田城。泷川三九郎突然来访，真田昌幸便将故去的阿德之女於菊交他带离。昌幸当时的想法，这里就不重述了。总之，泷川三九郎欣然从命，将少女於菊带回江户家中。

"三九郎，妹妹就交给你了。"

幸村一度低头叮嘱。他很喜欢异母妹妹於菊。后来，幸村听说於菊嫁给了三九郎，虽没生下一子半女，小日子却甚美满，对三九郎一绩更是满怀感激。一见三九郎，长年的感激登时涌了出来。

“兄长……”泷川三九郎直言赞道，“真田丸的表现真是太棒了，让人忍不住拍手称快！”

若一旁有东军将官听到，不知会有何感想？

“表现真是太棒了”倒无所谓，但“让人忍不住拍手称快”云云……明明是东军一员，竟公开称赞敌军！

泷川三九郎素来爽直。他以迎娶真田家之女、当了幸村的妹夫而自豪。哪怕周围真有别的东军将官，他都不会掩饰。

“於菊可好？”

“一切安好。”

“感激不尽！托你的福……”

“兄长言重了，得此贤妻，三九郎三生有幸。”

“此话当真？”

“自然当真。”

“太好了……”幸村再次紧握三九郎的右手。

众人一时讶然，想不到幸村竟如此牵挂妹妹。

真田家人士和幸村交谈甚欢，却没有畅所欲言。东西两军议和罢兵，又就战壕填埋一事剑拔弩张，摩擦不断。

丰臣家的无能和优柔寡断让浪人将士们非常恼火，有人更大怒道：“议和了又如何！干脆用铁炮轰走关东部队！”此事让将军秀忠无法离开冈山本阵，只得在阵中过年，正月上旬能否归国仍是未知。为防万一，东军填埋战壕之际又做了随时开战的准备。

世人皆知此次议和绝不简单。否则，关东方面何必操之过急？

大御所德川家康撤回京都，新年一到便早早回了骏府。将军秀忠仍留守冈山阵中，全副武装的东军尚未解除对大坂城的包围。

"这是要孤立大坂，等时机成熟便再度进攻。"

"大坂会被耍得团团转吧。"

"嘿嘿，轻而易举呀。"

"那些蠢货……"

一些浪人看透了丰臣家的无能，扬长而去。

东西双方看似和解，实则不然。流言飞语不断。若真田幸村擅自去了"敌军"真田信吉、信政的阵地，无疑会惹来轩然大波，背上莫须有的罪名。是以幸村很快便离开真田阵地，踏上归途。泷川三九郎一路送他至平野川。幸村没有上马，而是和三九郎并肩而行。

幸村见三九郎跛着左足，问道："三九郎，那左脚的旧伤，可是柳生五郎右卫门大人所留？"

泷川三九郎曾是伯耆国米子城主中村一忠的家臣。中村家曾有一番骨肉相残的内乱，家臣分成两派，刀剑相向。柳生五郎右卫门当时正是中村家家老横田内膳的门客，故而和泷川三九郎动上了手。三九郎挥刀朝他砍去，却被对方一刀砍伤了左大腿。

真田信之的家臣铃木右近算是柳生五郎右卫门的门人，而泷川三九郎亦曾向五郎右卫门讨教柳生新阴流的剑术。

"好生羡慕，"幸村正容道，"你的左腿留下了尊师的印记呢。"

幸村之语让三九郎甚是欣喜，日后一有机会便要说道："兄长真是一语点醒梦中人啊。三九郎感激不尽。"说着说着，便会热泪盈眶。

两人来到平野川的岸边。真田幸村揽住三九郎的肩膀，喃喃道："恐怕日后会再度跟你敌对。"泷川三九郎点头不语。

"就此告辞。"

"再会。"

幸村上马，穿过平野川之后，又回头朝三九郎挥手致意。

第叁话

平野川的彼岸，真田幸村微笑着挥手致意。那张笑脸，泷川三九郎毕生难忘。

"何等温柔的笑颜……"事后，三九郎对妻子於菊感叹道，"就像是佛祖的微笑……"

真田阵所的坦诚款待，让幸村欣喜异常。年关之后，他先后两次夜访真田阵所，而且给小山田壹岐守夫妻带去信件。

小山田壹岐守是武田家的旧臣，武田家灭亡后投奔真田家。武田家阵营之内，壹岐守一直和真田昌幸齐名。昌幸对此人敬仰有加，嫁出长女，结了亲缘。

昌幸长女有"村松殿"之称，皆因真田家将小县郡的村松地区当了嫁妆。

村松殿是真田信之、幸村兄弟的姐姐，对幸村尤其照顾。

幸村给姐姐村松殿的信中称："此番兴兵，我从九度山脱身来到大坂，姐姐恐是一头雾水。唯盼姐姐细想我之所求。现下双方议和，幸村得以幸免，暂时苟活，若有缘再见姐姐之面，固然甚好，怎奈不肖弟自身难保……近来一切安好。勿念。"

而给姐夫小山田壹岐守的信中则称："身值乱世，一切难料。权当我左卫门佐不在这浮世便好。"

幸村认定关东不会就此罢休。

庆长十九年落下帷幕，次年（1615 年）七月改元，这便有了元和元年。因之，庆长二十年的正月就是元和元年的正月。

元和元年正月元日，德川家史录称："阵前诸大名皆盛装来到冈山的将军本阵，恭贺新禧。滞留京都的诸大名、诸高僧则登二条城祝福将军。右大臣秀赖公派伊东丹后守前来问候。"

元日一早，大御所德川家康便宣布三日离京。家康早早公布了返回骏府的日子，将军秀忠却唯有继续等着。随着战壕填埋工程的推进，大坂浪人蠢蠢欲动，隐患颇大。秀忠只好加调本多忠政、松平忠明两队负责将军本阵的警备。

美浓守忠政是本多忠胜的长子，在冬之阵中表现不凡。松平忠明则是德川家康的外孙，现任伊势龟山城主，封地五万石。两人皆跟德川家渊源深厚，受到家康和秀忠的信赖。虽是城主，却跟直属的家臣无异。这两人同时担任战壕填埋工程的奉行，足以表明其休战期间委实立下大功。

正月三日，德川家康果然离开了京都二条城，踏上归途。滞留京都府邸的伊豆守真田信之特意去了二条城，恭送家康动身。

好一个晴天。万里无云。

德川家康满怀欣喜，面带微笑。二条城御殿的门廊自唐门铺有薄席。家康意态悠闲，不时向前来送行的大名们点头示意。

真田信之就候在唐门之旁。

家康仍是那副打猎装束。见信之低头候在门口，他上前唤道："豆州。"

信之抬头答道："在……"

家康明知故问，说道："何时回江户啊？"

"回大御所大人，属下将跟御所大人同回。"

"好……"家康点点头，仰望冰凉的晴空，又道，"这次让豆州受苦了。"话音极低，只容信之听见。

信之默默垂首。

"豆州，就看你的了。"

德川家康喃喃出了唐门，坐进候命的轿子。是日，他将下榻近江国膳所城。

——就看你的了。

真田信之一听便知家康之意。家康把他喊来，果然是要拉拢真田幸村。

从去年的年末直至昨夜，信之几次和慈海和尚讨论此事。望着家康一行离去，信之不觉喟然长叹。只要跟慈海和尚的密谈结束，他就难忍叹息。

再说真田幸村搬到大坂城二丸北面的府邸之后，见到了阔别久矣的叔父——隐岐守真田信尹。

"久违了……"

双方虽然和谈，信尹总归是德川家的家臣。光天化日之下，他来见侄儿幸村的消息一旦走漏，恐将出现轩然大波。譬如又坚称幸村阴结关东云云。

真田信尹是年五十八岁。幸村有二十余年未见叔父，但叔父毕竟是亡父昌幸的胞弟，二人面容酷似，一看便知。

幸村一进书院，信尹便开始感慨。

"叔父，好久不见了。"

"是啊……"信尹叹道，"真像是兄长重生，嗓音都一模一样……你、你究竟是不是幸村啊？"

他凝视着四十九岁的侄儿，一时无语。他脑海里的幸村，尚是二十出头的青年男子……

"侄儿长大了，怕是吓到叔父了吧？"

"唔……"

"侄儿真跟亡父如此相像？"

"一模一样，简直是一个模子里刻出来的。"

"叔父此言，让侄儿甚是欣喜。"

"真不知该说什么好……"

叔父信尹泪流满面。真田信尹曾随父亲幸隆、兄长昌幸侍奉武田信玄，正是信玄让他继承了甲斐名门加津野氏的家业，人称加津野市右卫门。武田家灭亡后，他投奔了德川家康，目前是四千石俸禄的旗本。此人虽当了德川家的家臣，却时刻不忘真田氏，三番五次派密使劝兄长昌幸不要和德川家康敌对。

下人备好酒菜，信尹和幸村举杯。幸村早就屏退了旁人。

"幸村啊……"信尹从幸村手中接下酒杯，"机会难得，不如去见见你哥哥信之吧？"

幸村目瞪口呆。他以为兄长尚在江户留守。实际上，就算是大坂的真田阵所都不知信之上洛一事。

"兄长……来大坂了？"

"不，他去了京都。"

"哎呀……"

幸村眯着的双眼中有精光一闪。

"去见一面如何？"

"真会见着兄长？"

"不错。"

"去哪里见呢？"

"怕要劳你去京都才行。"

"京都啊……"

"不错。"

幸村沉默片刻，忽道："叔父，幸村确实想见兄长一面。"

"那就太好了……"

"那就劳烦叔父安排？"

"没问题。太感谢你了。"

真田信尹伏地向侄儿行礼。幸村凝视着叔父的满头白发。

庭院里，雀儿叫个不停。

第肆话

隐岐守真田信尹告辞离去。幸村说想见见兄长信之，这便意味着信尹完成了任务。

会见之日是正月七日。真田幸村只消一早来到祇园社东面的长乐寺便行了。叔父信尹自称会来到寺内相候。

幸村带上四五个家臣，从大坂去了京都。议和成立后，城中浪人常会去京都游览，是以此举不会引人侧目。浪人们都很阔绰，只因丰臣家赏赐了大把的银子。他们拿到酬劳，首先便要用美酒和美女好好放松一下。大坂城被讨厌的战壕填埋工程弄得鸡犬不宁，他们哪里肯留下来窝火？

幸村一说想见兄长，叔父便行礼道谢，何以如此？

（兄长特地来到京都……）

当然不会来游山玩水。他无疑是得到了德川家康和秀忠的批准。是不是他主动提出想见弟弟一面？要不然，就是他有意跟幸村密谈。

幸村直觉敏锐，一见叔父信尹的态度异样，登时就猜出来了。

（怕是家康想搬出哥哥来游说我吧……）

家康目睹了真田丸，虽未实际攻打，却无疑大感狼狈。

幸村估计家康近期会再来攻打大坂城。他早就看透了家康的如意算盘——

战事一旦再开，若幸村继续支持西军，天知道此人会弄出何等惊天动地之举！

幸村的嘴角浮现一抹微笑。他现下只有一事不明：堂堂家康，竟觉得兄长信之有望说动他舍弃大坂城和丰臣家？

去年一役，家康彻底见识了真田幸村的韬略，但他不懂幸村暗藏的信念。

（兄长难道不了解我？）

信之当然了解，却唯有遵照家康的意思，来京都游说幸村。

（这次真要让兄长难办了……）

幸村脸上的微笑没了。

信之无疑清楚得很，不管他怎样劝说，弟弟幸村都不会接受。

——去年将东军打得落花流水，由此震慑家康，自抬身价……幸村哪里会是如此低劣之辈！

无人比信之更懂得弟弟幸村。他明知劝了亦是白劝，却唯有黯然上洛。他毕竟是德川家的家臣，无法不听大御所家康之言。

别忘了，信之是真田氏本家的当主。关原一役，真田信之毅然和父亲、弟弟分袂，就是要保住真田家的家名和封地，保住那些家臣和家眷。

幸村对兄长全无责怪之意，更不曾鄙夷兄长的选择。兄长信之千方百计，无非是要保证真田家的存续。他对兄长唯有无限感激。

（幸好有兄长，我才得以了无牵挂。临死之前，若有缘再跟兄长一见，那该是何等美好之事。）

幸村唤来阿江，说道："你都听说了吧，叔父方才来了。"

"是的。"

"沼田的兄长来京都了。"

见阿江一时讶然，幸村不禁苦笑道。

"七日那天，我要去京都见他。"

阿江沉默不语。

"就是这样。"

"明白了。"

幸村的想法，阿江一清二楚。

幸村将适才跟叔父的交谈内容悉数告知阿江，又道："这次只带草者去吧，人数由你安排。"

"遵命。"

"暗中去，暗中回。"

"是。"

"兄长对向井佐平次有大恩，但佐平次毕竟是擅自跑了，带他去不大妥当。"

"确实如此……"

"佐助去哪里了？"

"昨日去了夜泣峠和下久我的小屋，估计快回来了。"

"那就带佐助去吧。"

"好。"

"五濑之太郎次是不是看守夜泣峠的小屋呢？"

“不错。太郎次年近九十，近来有些小病，所以我才派佐助去探望他一下。”

“唔……”

下久我小屋的权左，倒是身子硬朗。

“大人，咱们这次是坐船上洛？”

“不，沿陆路去吧。打扮成大坂浪人的模样好了。”

“这主意不错。”

“那好，这就都交给你来安排了。要办妥呀。”

“大人放心，不会有疏失的。”

“阿江啊，正好你来了……”

“哎？”

“我想跟你说件事……”

阿江问道：“敢问何事？”

这时，向井佐助来到庭院，隔着纸门说道：“佐助前来复命。”

阿江察觉佐助的话音中带着一丝紧迫。换了平时，他断然不会招呼都不打便擅自冲进书院。

第伍话

幸村的想法看似鲁莽，但细细一想，最危险的地方正是最安全的地方。如此方法，除了幸村，又有谁人想得出来？

阿江拉开纸门，只见向井佐助低垂着头，呆立院中。

真田幸村招呼道："佐助，进来呀。"

"是……"

"没事，直接进来吧。"

佐助脱下草鞋，从怀里掏出布片擦了擦脚，这才进了书院。

阿江关上纸门，问道："佐助，出事了？"

"五濑之太郎次大人……死了……"

"啊？"

夜泣峠小屋的炉旁，年近九旬的五濑之太郎次蜷缩着，没了呼吸。

佐助进门一瞧，登时大惊，慌忙着手抢救，可惜他来得晚了。屋内尚无尸臭，可见太郎次刚刚死去不久。他不是被杀的，而是自然衰老。

阿江闭上眼睛，双手合十，喃喃道："太郎次虽然老了，却一直尽忠职守……"

只听幸村说道："无妨，要不了多久，我们便会到阴间跟太郎次相聚啦。"

"不错，正如大人所说。"阿江睁开眼睛，微笑着望向佐助，"对吧？相见之日，不远矣……"

佐助点了点头，说道："正是。"

"你有没有去下久我看看？"

"去了，权左大人一切都好。"

"那就好。"

"而且，他特意询问主公有无指示。"

"咦？"

"一副坐立不安的样子。"

"这不行啊，要让他好好看守下久我的小屋。"

"是啊，我对他说，小屋需做好万全准备，以防临时有变。"

"说得好。"

"夜泣峠的小屋该如何处置？"

"太郎次的遗体呢？"

"埋进屋后的竹林了。"

"好。"阿江点了点头，问道，"大人，夜泣峠的小屋该如何处置？"

"阿江，这事情听你的。"

"明白。"阿江说罢，对佐助耳语了几句，继而又道，"明天就回来。"

"遵命。"

佐助向幸村低头示意，离去了。

今日很是暖和。冬日暖阳洒在纸门之上，不知何处的猫儿慵懒地叫唤着。

近来，城内奥御殿的侍女们养起了猫。换做昔日的大坂城，绝不会如此松散。可见风纪大乱。

想当年织田信长坐镇安土城时，一度因事外出。城中侍女趁机大设酒宴，赏花作乐。信长大怒归来，将几名领头的侍女斩首示众。主公离去，便当由女子守城。倘若这般松懈，又如何熬过乱世？一些人坚称信长是辣手之辈，实则不然。信长素来对男女一视同仁，只是觉得女子和男子一样要对自身的言行负责罢了。

眼下的大坂城奥御殿就缺乏这种紧张感。用幸村的话说，便是侍女们陶醉于"片刻的议和"之中。随着风纪大乱，各个阵所的浪人纷纷溜进城中，跟侍女们大肆淫乐。

"阿江……"幸村眯着双眼，一脸困倦，招了招手，"来。"

"嗯？"

阿江不知幸村又有何事密谈，结果刚一凑近，幸村便搂住她圆润的肩膀。

只听幸村说道："你真是胖了。"

阿江垂下了头。冬之阵期间，留守真田丸的阿江无比瘦小，跟现下截然不同。她这样的女忍者，似乎有办法自由操控肉体机能。

"晚上……来我卧房吧。"

幸村咬着阿江的耳朵，低语道。阿江微微摇头。

"你不想来？"

"这人老珠黄的身子……不想被大人看到。"

"胡说。"

阿江远比四十九岁的真田幸村年长。然而，知晓阿江年龄者唯有她本人和阵亡关原的壶谷又五郎。

“还记得当年……在别所温泉……”

“是……”

阿江闭上双眼。幸村搂着阿江肩膀的手臂微微用力。

“咱们都老了……大家都一样，别难为情了。”

“可……”

“难道女子和男子不同？”

“大人尚且当我是个女子？”

“这个自然。”

“此话当真？”

“无论男女，唯有交心……”

“阿江好生欢喜……”

阿江依偎到了幸村怀中。

“阿江……”

“嗯？”

“至于我的妻女……”

幸村说到一半，不禁默然。随他离开九度山的妻子於利世和女儿阿梅、栗子都由草者藏到了近江彦根地区。那里有草者的忍宿。

七十六岁高龄的横泽与七带着七名草者，开了家“钱屋”商铺，从事货币兑换的生意。真田幸村的妻女，便藏在那钱屋之中。

幸村沉默片刻，说道：“我想让她们去高野山的莲华定院。”

阿江始料未及，从幸村怀中抬头问道：“大人，此话当真？”

“不行？”

“这……”

阿江百思不得其解。

高野山的莲华定院和真田家颇有渊源。亡故的真田昌幸尚是上田城主时，便经常向该院捐款捐物。父子俩被流放高野山脚下的九度山之后，莲华定院不惧纪州浅野家和德川幕府的监视，几番照顾真田父子。因此，浅野家得知幸村离去，首先搜查的便是莲华定院。这种情况下，若要将幸村的妻女送回莲华定院，便要冒险重返纪州，重履九度山，直至高野山。

幸村的想法看似鲁莽，但细细一想，最危险的地方正是最安全的地方。如此方法，除了幸村，又有谁人想得出来？包括阿江都不曾想到。

彦根的忍宿迟早会引人注目。幸村的妻女怕被怀疑，甚至不敢出门。更何况横泽与七年近八旬，纵熬过这场大战怕也没几年活了。

（原来如此……）

她总算猜到了幸村的想法。

"只要有草者陪同，她们就会安全抵达莲华定院。阿江，你说呢？"

阿江立刻说道："不错。"

"事不宜迟。"

"是的。"

"此事就交你安排。"

"遵命。"

战火重燃指日可待。然而，战争结束之后，追兵会不会再次搜索莲华定院？

阿江最担忧的便是战火平息后的事情。毕竟，这一仗绝无胜算。

（但是，大人肯定是仔细盘算妥了……）

阿江闭上双眼，将头埋进了幸村怀中。

第陆话

正月四日一早，慈海和尚来到了京都室町的真田府邸。

去年的冬之阵期间，经德川家康的家臣长坂理右卫门介绍，慈海和尚初登真田府邸，其后又几次单身来和信之密谈。

慈海被带至书院。信之支开旁人，只留铃木右近忠重一人站立背后。慈海没有介意此事。他明白信之对右近的信赖。

慈海告诉信之，两兄弟的叔父隐岐守真田信尹见到了大坂城内的幸村，幸村称想跟兄长一晤——

"幸村欣然接受。"

"欣然接受？"

"不错。"

信之甚觉讶异，想不到幸村这样简单就接受了。右近亦有同感。

（此事恐难如意……）

将幸村拉进东军之事暂且不论，信之早就放弃再见弟弟一面的希望。

幸村不惜一死，坚持要给大坂的丰臣家陪葬。这样的幸村，就算再次见到信之，又有何用？

信之来到京都，要求密会幸村——

（幸村自然不会猜不到其中缘由。）

倘若幸村不欲让兄长难办，拒而不见便是。若是见了，而且拒绝了兄长的招降，让信之有何颜面去见德川家康？只要幸村拒而不见，责任便会落到叔父真田信尹的头上。那样一来便皆大欢喜。其中的道理，幸村不会不知。

然而，幸村竟一口接受了相见之事。

信之和铃木右近面面相觑。右近尤其震惊。

信之将目光从右近挪向慈海，确认道："大师此话当真？"

他竟是一反常态。

"千真万确。"

"唉……"

信之正襟危坐，闭上双目。他突然搞不懂弟弟幸村的想法了。

这回，轮到慈海和尚和铃木右近面面相觑。

天空突然阴了，继而竟飘落雪花。北山之雪，乘风而来。

走廊上坐着待命的两名家臣仰望天空。

书院中的真田信之默默笑了。那笑容如波纹般荡漾开来。

他明白了幸村的用意。

（怪不得他会欣然接受……我懂了，他只是想见我最后一面……）

无论信之如何劝说，幸村都不会投靠德川幕府。信之和幸村的想法，纵是铃木右近都不懂得。此际，右近正呆呆望着信之的笑脸。而慈海和尚更是一头雾水，觉得那笑容仅仅是对兄弟再会的期待。

"太好了，"信之对同样微笑着的慈海点了点头，说道，"劳烦大师了。"

"举手之劳，"慈海突然面容一肃，"接下来就看你了。"

"我明白。"

"话说回来，左卫门佐大人竟肯欣然赴会，莫非是松动了些？"

信之暗暗叹息，口中却道："只怕正是如此。"

慈海和尚端正坐姿，又道："对了，老衲另有一事相告。"

他缓缓讲明真田幸村投靠德川幕府之后的待遇。

大御所家康曾派慈海就此询问信之的意见，信之答称一切皆听大御所吩咐。反正这事情的结果早就板上钉钉，不管家康开出怎样的条件，幸村都不会点头。

德川家康开出的价位是信州地区的一万石封地。

慈海和尚问道："如何？"

信之随便点了点头。

——如何？何来"如何"？

那只是家康设想的交换价格罢了。

想用这点儿封地收买幸村？信之暗自苦笑。

（幸村大好男儿，一万石封地就想让他折腰……果然是大御所的行事风格。）

就算拿出十万石、百万石的封地，幸村都不会犹豫。

"我们去哪里碰面？"

"大人是否知道小野阿通这个女子？"

第柒话

信之答道："略有耳闻。"

铃木右近曾谈到小野阿通其人。

阿通之父小野政秀是织田信长的家臣，永禄二年随军出征六条河原，不幸阵亡。其封地大致是目前的岐阜县本巢郡北方町一带。当年的阿通尚幼。

如此推算，元和元年的阿通该是六十上下的老女人了。

真田信之对阿通几乎没有认知。

阿通的丈夫，是丰臣秀次的家臣盐川志摩守。铃木右近打探到的消息称，秀次切腹之后，阿通就离开了丰臣家。

《北方町志》对阿通的说法是："幼好和歌，师从九条稙通，刻苦钻研，卓然脱俗，得窥堂奥，且精通琴棋书画、管弦、茶、香。"

德川家康听闻阿通的才色，召至骏府，教诸妇礼仪之法。德川秀忠之女千姬和丰臣秀赖完婚时，点名要阿通陪去大坂。来到大坂城的阿通深得淀君信赖。

淀君知阿通文思超群，再三希望她给拟些物语故事瞧瞧。结果，阿通便创作了牛若丸（源义经）和三河国弓箭巧匠之女净琉璃姬的爱情故事，以博淀君一笑。这《十二段草纸》用三弦伴奏着哼唱出来，便是响当当的净琉璃……

朝廷上下，无人不知女文学家小野阿通的芳名，天皇甚至准许她进出皇宫。

她不知何时跟一位近卫兵再婚，育有一女，后来又离婚了。

铃木右近一度赞叹道：“我只是略有耳闻……对我这类粗人来说，她确实是个传奇女子。”

慈海和尚选择京都的小野阿通府邸供真田信之、幸村两兄弟密谈。

“嘿……”信之和右近再次面面相觑，“这真是个稀罕地儿……”

“不错。老衲觉得这里最妥。”

“唔……”

“阿通大人虽系女流，德才却是出众。”

“莫非是大师至交？”

“正是。”

想不到，这个小野阿通跟打点大御所家康重要机密的慈海和尚亦有深交。

“如何？”

“自然听大师的。”

信之突然对阿通有了兴趣，很想见见这位奇女子。按照铃木右近的说法，阿通的年龄该有五十以上。就算她是个美女，想来亦是那种老女人的美丽。阿通的亡夫盐川志摩守是丰臣秀次家臣，那个秀次都切腹二十年了。

须臾，慈海和尚辞别真田府邸。

铃木右近将慈海和尚送到门口，返回书院，只听信之叹道："右近啊，幸村是断然不会接受的。如此一来，责任就落我头上喽……"

"主公辛苦了……"

"区区小事，不足挂齿，我早有觉悟。但是，这个幸村……"

"属下对此深感惊讶。"

"咱们一样。"

"对了，主公……"铃木右近正色道，"恕属下提件不合时宜的事。"

说到一半，他竟面带红潮。

"怎么了？"

"呃……"

"你不是有话要说？"

"属下怕主公大怒……"

"我？大怒？"

"望主公先答允属下，不会出言责备。"

"你先说说具体的事情。"

"这……"

"你这是强人所难嘛，说吧，你到底捅了什么娄子？"

"捅娄子啊……这样说倒确实是……"

"啊？真是被你弄糊涂了。"

"望主公允诺不责骂我。"

"好吧，我不骂你。"

"那……"

"但说无妨。"

“敢问主公是否认识伏见府邸的马冢喜右卫门？”

“啊，你是说从父亲那里来的那个家臣？”

“不错。喜右卫门有个女儿，名唤阿珠，芳龄十八……”

“嗯，嗯……”

“我想迎娶阿珠，万望主公成全！”

“是你右近……右近要娶那姑娘？”

“正是。”

信之一时呆了，只凝目看着右近。

“右近，你多大了？”

“主公不知？”

“忘了。”

“回主公，属下现年四十有二。”

“这……四十出头的大男人，竟要娶一个十八岁的姑娘？”

“正是。”

“这……这……”

“望主公嘴下留情……”

“我知道。”

“属下和阿珠私定终身了。”

“哎？”

“真不是逢场作戏……”

“你小子！”

“属下字字肺腑。主公……主公莫不是动怒了？”

“哪有，我羡慕都来不及呢！”

铃木右近幼名小太郎，性格轻狂，时常有惊人之举。

二十四五年前，沼田城内有一位负责伺候信之夫妻的侍女。

　　她是杉野源右卫门之女，名唤阿顺。信之有意收她当个侧室，哪知阿顺竟不乐意。当时出手相救阿顺之人，正是铃木右近。右近谎称他和阿顺有了白首之约。

　　实际上，阿顺不讨厌信之，她只是畏惧信之的妻子——小松殿。

　　信之万般无奈，只得说道："那你就快点跟阿顺成亲吧。"

　　时值丰臣秀吉侵略朝鲜，真田家受命随军出征。然而，出征部队的名单里没有铃木右近的名字。信之一番好意，不忍拆散新婚宴尔的右近夫妻，却惹得年轻的右近大是不满，因此脱离了真田家。此事不再赘述。那个阿顺搬进右近府邸，苦苦候他归来，结果身染重病，没有和右近圆房便撒手人寰。

　　此后，铃木右近再未娶妻，坚称不会再近女色。

　　真田信之对此总是嗤之以鼻，调侃道："谁信啊。"

　　右近但求信之批准，殊无操办婚礼之意。

　　信之只好主动说道："这得给你好好庆祝一下才行。我回沼田之前，给你们把婚事办妥，就这样吧。"

　　右近好不惶恐。

　　话说回来……

　　慈海和尚自真田府邸回到京都忍宿，用了午膳便回二楼房间睡下。结果，去了大坂的甲贺头领伴长信派人报信来了。信使是甲贺的女忍者阿才。

　　慈海看完伴长信的信函，对阿才说道："老衲明晨回信，你住下歇一晚吧。"

　　柏原市藏替迫小四郎看守楼下。阿才之父下口半兵卫正是柏原市藏的亲戚，去年夏天病逝甲贺。

第捌话

见东军忙着填埋战壕，大家都明白关东不会善罢甘休。哪知大坂方面竟眼看着战壕被填平。

翌日——正月五日。破晓时分，小野阿通府邸附近的小路上出现了一个拄着拐杖的老婆婆，正是草者阿江。

两日后的七日，真田幸村将悄然离开大坂，去京都阿通府邸附近的长乐寺和隐岐守真田信尹会合。此际，幸村尚未确切得知两兄弟的见面地点，虽说一切都有叔父隐岐守来安排，但总归不容大意。

阿江几近不眠不休，安排草者四下查探，以保证幸村安全；而她本人则扮成老百姓的模样，孤身来到京都。她自昨夜以来便观察着长乐寺一带，确认一切正常。她此时来到小野阿通的府邸附近，只是顺路罢了，皆因她和向井佐助约好今晨在附近的破庙会合。

五年前，关东和大坂剑拔弩张之际，阿江曾指挥草者持续监视小野阿通府邸。当时用来监视的破庙仍在。被战火烧毁的寺庙中，尚存有撞钟堂的石基。草者在石基中挖了个洞，轮番监视。

某夜，一名甲贺忍者模样的男子一路跟踪向井佐助而来，阿江自树上掷出数枚暗器，杀了那个男子。阿江自然不会知道，对方正是甲贺女忍者阿才的未婚夫——平谷伊平。破庙境内的树林底下，平谷伊平的尸首兀自睡着。这些年来，怕都成了白骨。

天色渐亮，阿江踏进破庙。佐助还得过一刻（两小时）才会露面。他的工作是检查后天真田幸村要走的路线，并打探伏见的情况，之后再赶来京都。阿江钻进撞钟堂的石基，稍事歇息。

这时，甲贺忍宿中的阿才刚刚睡醒，开始准备早膳。

伴长信给慈海和尚的密函里没有重要情报，只是告知尚未离去的将军秀忠之近况和大坂城下的情况罢了。他没有将真田兄弟后天的会面告知伴长信，皆因家康吩咐此事要秘而不宣。

冬之阵结束后，伴长信手下的甲贺山中忍者大都去了京都。他们密切联系京都所司代，着手监控伏见和京都的情况。大坂城的浪人们纷纷来到伏见和京都，形势甚不稳定。

大坂城的战壕就这样被东军填平，城方却无动于衷。简直岂有此理。丰臣家首脑的无能和妥协，让浪人们怒火中烧。

"不如由我等亲自出手，攻下伏见城！"

"对，去偷袭所司代！"

"出兵京都，打关东一个措手不及！"

浪人们闹得不可开交，颇有些自暴自弃之意。一度放弃未来的他们，满怀期待战事再开，但求死得其所。见东军忙着填埋战壕，大家都明白关东不会善罢甘休。哪知大坂方面竟眼看着战壕被填平。这样的话，何需再受丰臣家的指使？

——我等自会做出一番事业！

若大坂城的半数浪人出动，数量便不容小觑。那将有三四万人。

有人甚至高呼道："别管丰臣家了！我们直接杀去德川本阵！"

将军秀忠正是因此才会加强本阵周边的戒备。

阿才伺候慈海和尚用完早膳。

"给……"

慈海将拟好的信件交给阿才。他的回信里同样没有重要内容。

阿才下了楼，对柏原市藏说道："市叔，阿才告辞了。"

"辛苦了。对了，你会不会见着迫小四郎？"

"有时会。"

"替我带个好。"

"没问题。"

阿才打扮成小贩的模样离开忍宿之时，朝日才刚升起。这一天又是万里无云。三条大桥的西侧，人头攒动。阿才缓缓走向闹市。

（咦？那是……）

她立刻按下帽檐。透过草帽的缝隙，阿才瞥见一名男子。

那男子不是别人，正是向井佐助。

五年前的事，阿才毕生难忘。当时，阿才和亡父下口半兵卫乔装足袋师父女，看守京都室町忍宿，不料隔壁的印章师家竟是草者忍宿。当时乔装印章师的人，正是新近死去的五濑之太郎次。

向井佐助常常去那里留宿。久而久之，双方都开始怀疑隔壁。

阿才觉得佐助有些蹊跷，正好平谷伊平带来甲贺的口信，她便让伊平去跟踪佐助。一旦那年金秋来临，伊平便会和阿才完婚。伊平点了点头，开始跟踪佐助，哪知这一去就没了消息。阿才不知伊平实是被阿江杀害，只坚信他是被那男子灭口。离奇的是，当天夜晚，隔壁的印章师竟告消失。

（那个混账……）

三条大桥之畔，阿才见到了杀夫仇人。

向井佐助朝桥东走去，对此一无所知。

第玖话

向井佐助来到了破庙前方，直觉告诉他，背后有人跟踪。

五年来，佐助大有长进，自出了大坂便时刻保持警惕。

（若是被人认出，就只有那时候的……）

他走到三条大桥西面时，正好头上草帽的帽绳松了，便驻足将之戴好。摘下草帽的时间虽仅一瞬，总归是不免大意。正是这一瞬，让人群之中的阿才捕捉到了佐助的面容。

（我竟会如此疏忽大意……）

草帽下的佐助不禁咂舌。再优秀的草者，亦非全知全能。而且，阿江就时常随便踏上京都的街道，不带半点伪装。

——只要察觉了对方的跟踪便好。可以销声匿迹，亦可顺势查出对方底细。

是日，向井佐助和阿江皆扮成大坂城郊的百姓，背着小行囊，手持竹杖。戴帽拄拐的佐助才刚三十出头，样子却像个花甲之年的老者。他的脸庞晒得黝黑，而且满是尘土。

只凭五年前的印象便认出了佐助，那真不愧是甲贺忍者！

阿才坚信杀害平谷伊平的凶手就是佐助，五年来无时无刻不痛恨佐助，否则断然不会认出他来。五年前，向井佐助来到监视用的破庙时，全未察觉身后有人跟踪。平谷伊平是甲贺山中忍者中数一数二的跟踪名手，优秀如佐助亦难识破。幸好破庙中早有阿江和小助等候，伊平的跟踪方告失败。佐助先前曾被阿才跟踪。他察觉身后有人，便绕进小路以鬼神般的速度改头换面，骗过了阿才的眼睛。他现下完全可以再使出如此招数，将百姓的衣服翻个面，摇身变成普通的年轻路人。他自信能变得截然不同。

（但是……）

佐助边走边想，改了主意。后天便是真田幸村上洛的日子，容不得一丝粗心大意。

（总归是查清对方的身份较好……）

幸村、阿江和佐助皆未得知两兄弟会面的地点是小野阿通府邸。若是知晓，佐助便不会作此打算。阿江选择的破庙正对着阿通府邸。如今的草者并不拘泥那破庙。他们选择此地会合，只是因它离长乐寺较近，且不引人注目。

（有了，就这么办吧。）

遇上此类情况，佐助和阿江总是心有灵犀。哪怕失败都无妨。

（最好比阿江晚到一些……）

佐助故意放慢脚步。

（究竟是何人跟踪我呢？）

要查清跟踪者的身份，方法不止一个，却几乎都会让对方察觉跟踪暴露。因之，唯有装出若无其事的样子放长线钓大鱼。

佐助甚至不曾回头去看。

（交给阿江就行了……）

他来到祇园社的门前。风停了。

冬日的暖阳一如春天。朱色的楼门下，前来参拜者进进出出。向井佐助走进祇园社，穿过社殿，祈祷后日真田幸村一切平安。

他很冷静。他身后的阿才却满怀激动。

见男子祈愿后自南门离开，她就更激动了。

（果然和当年一样……）

平谷伊平被害当晚，见伊平迟迟不归，阿才忍无可忍，冲出足袋师家寻觅。

第二天、第三天……

（莫非那男子是要监视小野阿通大人的府邸？）

阿才如此一猜，忍不住探查阿通府邸附近，继而踏进了那个破庙。草者早就离去了，前夜的大雨更将伊平的鲜血冲得一干二净。阿才无语离去，何曾料到爱人平谷伊平正长眠于几步开外的地下？

那名男子朝小野阿通府邸走去，沿祇园社南门的道路向左。

那一带人烟稀少，山间小路蜿蜒起伏。若是夏天，四周便是郁郁葱葱的树木，但现下正值寒冬，视野极好。跟踪者固然不易跟丢对方，却同样容易被对方察觉。

总之，这里不太热闹，跟踪的难度颇高。

万幸那男子一直没有回头。

（看来他没发现……）

阿才将手伸进腰间的皮袋。

袋中装着甲贺的暗器——苦无。

那是忍者专用的武器，跟草者用的"手里剑"有异曲同工之妙，由小铁片做成，但威力比手里剑更甚。阿才曾用这苦无击毙众多敌人。她虽系女流，却自幼擅长投掷苦无。

（今日定要为伊平报仇雪恨！）

阿才一度这样打算着。然而，她毕竟是甲贺忍者，仔细思量后便改了主意。

（不，还是查清那人的去向为好……）

阿才深知京都及其周边地区近来局势不稳，所以自然要放长线钓大鱼。

这里正是八坂塔的后侧。

竹林深处的小径出现一个背着竹篓的少女，跟那男子擦肩而过，朝阿才走来。阿才听到男子轻咳一声，又见男子头也不回，继续前行。那农家少女和阿才擦身而过时，莞尔一笑，点头示意。阿才也点了点头。

那男子（向井佐助）走到破庙土墙之旁，突然蹲下来猛咳几声。

第拾话

破庙撞钟堂石基内的阿江从浅睡中醒来。向井佐助和农家少女擦身而过时的那声咳嗽，早已传进阿江耳中。草者经千锤百炼，听觉之敏锐超乎常人想象。

（咦？）

佐助的咳嗽，意思是要她留神。

阿江将后腰的皮袋转到身前，解开绳子。袋里装着草者的暗器——手里剑。

阿江调整呼吸，以呼吸调整之术隐藏自身气息。

啪嗒、啪嗒……

向井佐助的足音渐近破庙土墙。阿江走出石基，悄悄来到崩塌的土墙内侧。佐助靠着土墙蹲下，开始咳嗽。

（就是说……佐助被跟踪了！）

阿江以直觉确信佐助正向她通风报信。

（他怕是想要查清跟踪者的身份……）

只见佐助的上半身在破烂的土墙对面走过。

（要进来了……）

果然，向井佐助绕过土墙，走了进来。阿江一瞥之间，正看见甲贺的阿才。这个女的自然会跟着佐助进庙。阿江一见阿才，便明白她是个忍者。

对方是女忍者，无疑很难活捉。想要活捉忍者本就难比登天，更何况天方大亮，阿江又无准备。

阿江压低身子。

（纵然抓住了严刑拷打，也不会招供吧……）

女忍者比男忍者更坚强。阿江亦是草者，自然心中有数。在严刑拷打之下，女子的肉体会渐渐失去痛觉。而男子的痛苦则会加倍。

（佐助大概是想让我抓住她……）

阿江从皮袋里摸出三枚暗器，看了看踏进破庙的佐助的背影。

这时，阿才进来了。她弓着身子环视四周，却未察觉石基阴影里有人。

佐助朝深处的树丛走去。阿才开始行动。

那一瞬间，阿才背对阿江。阿江险些冲上去"活捉"阿才，却坚持单膝跪地，将暗器朝她背后投出。手里剑割破清晨，命中阿才背脊。

阿才握着苦无愕然回首。一见阿江，她瞪大双眼，便欲掷出手中暗器。怎奈她尚未出手，阿江便又掷出两枚手里剑，命中她的喉咙和胸口。

"唔……"

头戴草帽的阿才呻吟着，摇摇欲坠，手中的苦无突然投出。

阿江方待站起，急忙一闪。暗器划破了阿江的左颊。

（好厉害，这家伙是个老手……）

阿江俯身凝视阿才。向井佐助从树丛里折了回来。

"唔……唔……"

阿才拼命挣扎，可惜回天乏术，喉咙一带血如泉涌。她想用双手撑起身躯，哪知大喘一下之后，便趴在地上再也无法动弹。

佐助摘下阿才的草帽，惊道："这……这不是足袋师的女儿嘛……"

"怪不得……"阿江点了点头，她见过阿才，"我想抓了又没用，便直接让她归天了。"

"那就算了。总之，后天的事情，似乎危机四伏呢。"

"搜身。"

"好。"

阿才的皮袋中尚有富裕的苦无。两人由此推知她是甲贺女忍。而且，他们从阿才身上搜出了慈海和尚给伴长信的信件。

阿江看完信函，说道："我懂了。"

"啊？"

"这女的正要从京都忍宿回大坂向甲贺的伴长信复命，结果撞见了你……"

"那就是了，我来到三条大桥的时候，重新弄了一下草帽。"

"不错，恐怕就是那时……"

"大人恕罪……"

"没事。"

"不，是我疏忽了。"

“忍者非神，亦非佛祖。”

阿江闭上双眼，向阿才双手合十。佐助跟着照做。

“想想她真是可怜……”阿江喃喃道，忽又瞪大双目，继而落寞笑道，“想不到我竟会怜悯敌方忍者。唉，老了，不中用了！幸好有个不错的归天之时……”

佐助没有接话。

“佐助啊……”

“您说。”

“五年前跟踪你的那个甲贺忍者，就埋在这破庙里吧？”

“不错。”

“把这女忍者跟他合葬吧。”

“我们很快都会死了……”

“是啊。”

两人点点头，将阿才的尸首搬进树林。佐助挖洞，阿江则在林外望风。四下一片寂静，朽叶下的泥土很是柔软。向井佐助先用小刀挖了个洞，接着开始用双手挖土。他久经磨炼的双手足以匹敌刀剑，光用手指就可刺穿敌人皮肉。

“阿江大人，五年前那忍者的尸骨……”

“找着了？”

“找着了。”

“好，就把那女忍者埋到他身旁吧。虽不知他们是否相识，毕竟都是甲贺忍者……去阴曹地府做个伴也好。”

第拾壹话

经德川家康示意，真田兄弟的会面将会暗中进行，只怕大坂本阵的将军德川秀忠都不会知道这事。

元和元年正月七日，大御所德川家康离开伊势桑名城，登船去了名古屋。

前日翻越铃鹿峠时，家康命日向政成、岛田直时麾下的两百铁炮兵护驾。

如此深山老林，难保大坂方面不会搞个突袭。

七日当天，家康至名古屋附近的热田地区上岸。史录称他一路鹰猎，直到申刻至名古屋城。

这一天，真田信之、幸村兄弟将至京都的小野阿通府邸密会，家康早就从一路追来的急使口中知晓此事。

是日一早，真田信之率铃木右近、马场彦四郎和另两名家臣离开室町府邸。给他们带路的正是慈海和尚和长坂理右卫门。这两人昨夜便来真田府邸下榻。

六日深夜至七日早晨，共有四名密使造访长坂理右卫门。长坂的手下（不是忍者）反复调查阿通府邸周围，确认没有异样才来禀报。

这一切都是要保证七日的密会顺利进行。

而真田幸村和其长子大助幸昌则由草者陪着，六日深夜抵达京都下久我的忍宿。真田父子身着便装，戴着草帽，出大坂城时根本无人怀疑。他们出城后便翻身上了草者牵来的马，直奔下久我地区。

阿江早就吩咐众草者仔细守住真田父子的上洛之路。

七日一早甚晴，京都却是寒意袭人。除了慈海和尚，真田信之一行皆身着便服草帽。他们徒步前往阿通府邸。其中受命随行的马场彦四郎，正是跟樋口角兵卫一同离开阿通府邸之人。那一幕刚好被阿江撞见。

然而，马场彦四郎一脸若无其事。

真田信之和慈海和尚并肩走向三条大桥的东侧。

"大师……"

"嗯？"

"幸村真会如约前来？"

"探子来信说他们父子离开了大坂。"

"唔……"

"可见他确实来了……"

慈海说到一半，突然沉默不语。大坂城内的关东间谍亲见幸村父子离城，但那二人之后的行踪竟不得而知。幸村一出城门，便随着草者匿迹。

"他这次带着儿子？"

"不错。"

信之不曾见到弟弟的长子大助，一时难忍期待，露出微笑。

（幸村是希望大助随他死去之前，让我们伯侄二人见一面吧……）

弟弟幸村是不会听劝的，信之根本就没有说服他的自信。

稍后会是一番怎样的密会呢？信之有没有机会和幸村单独交谈？

若慈海和长坂理右卫门要求同席，信之自是无法拒绝。那样一来，信之就唯有做些表面功夫，装出游说幸村的样子，哪怕他知道劝了亦是白劝。

信之一行穿过祇园社时，被混在香客中的阿江一眼认出。

此时，真田幸村父子由向井佐助和另三名草者陪同，刚刚抵达长乐寺。向井佐平次没有跟来。

"你说呢？要是想见兄长，我就带你去。"

向井佐平次觉得不去较好。确实。这个人丢弃了信之的关爱和信任，擅自离开沼田，又有何面目再去见信之呢？

哪知信之却寻思佐平次大概会陪着幸村前来，有望和他再见一面。

真田兄弟的叔父隐岐守信尹昨日便到了京都，但没去室町的真田府邸露面。真田幸村一行要去长乐寺等着他出现。

经德川家康示意，真田兄弟的会面将会暗中进行，只怕大坂本阵的将军德川秀忠都不会知道这事。

真田幸村抵达长乐寺之后，都不知道会面的地方便是小野阿通府邸。但是，见真田信之一行自祇园社南门而出，阿江不禁推测会面地点是阿通府邸。

她将看到信之一行之事告知候命神社一隅的向井佐助，耳语道："千万别大意啊。"

亲眼见到了真田信之，让阿江深感欣慰。她最怕的就是信之只是个幌子，唯恐对方以此事将幸村引到京都，伺机杀害。所以，看到了真田信之，阿江便觉得踏实了些。

信之的脸被草帽挡着，但那玉树临风的身姿一如既往，一看便知。

向井佐助低语道：“要不要跟踪伊豆守大人？”

阿江摇了摇头，说道：“不用。一切等我回来再说。”

“遵命。”

阿江去了附近的长乐寺——实际上，长乐寺几乎就是祇园社的一部分。

她把见到信之一事向幸村禀报。

“哈哈……”

“所以我觉得会面地点将是小野阿通的府邸。”

“这样啊……”

“十之八九会是如此。”

“好。这寺庙离阿通府邸近不近？”

“非常近。”

幸村不觉笑道：“那些人确实挺谨慎的。”

这时，隐岐守真田信尹来到了长乐寺。

第拾贰话

是日的小野阿通府邸一如既往，无人警戒。由此可知，长坂理右卫门和慈海和尚早就做好了万全准备，以便真田兄弟顺利密会。

长坂和慈海率先出现，府邸里的人立刻打开了门。一名身着肩衣（马褂）的优雅中年武士将信之一行迎进。此人自称山本传藏，是阿通的侍从。府邸里当然另有别的侍从，但现下皆是不见人影。

众人踏上门内的石板路，又见一名年轻武士从竹林中现身。

山本对来人点了点头，又向慈海和长坂理右卫门行了一礼，继而对信之说道："伊豆守大人，这边请。"

信之挥别余人，独自经中门踏上去后院的小路。

慈海和长坂似乎不会同席了。莫不是家康有意把一切都交给信之来办？否则便是慈海和长坂两人商量之后的结果。

实情如何，信之无从而知。

小野阿通的府邸非常简朴，却又很奇特，委实不像是女子的府邸。府邸面积很大，留有天然的竹林和树林。三栋建筑以走廊相连。

三栋房屋中，中央之馆专供阿通起居，设有小玄关，而且配有田舍风格的茶室。

阿通亲自迎了出来。

真田信之初见阿通时的惊讶，难以名状。换了别的男子，兴许不会有信之这般感怀。

小野阿通超乎信之的想象。

信之曾想阿通素有"才女"之誉，恐怕是个人品卓著的老女。

只见她靠近信之，低头致意道："妾身小野阿通。"

那嗓音何等年轻，只如豆蔻少女，而且身姿优雅，意态超脱又不失稳重。阿通个子很高，丰盈的肉体全无累赘之相。她的妆不太浓，脸上全无皱纹，一头乌发，刘海分成左右两束，用紫绳系于背后。身上的白底小袖辅有金箔扇面花纹。

仔细打量阿通的脸庞，便会察觉她实非倾国之貌。然而，她拥有出类拔萃的教养，深得秀吉和家康这两位天下人的赏识，甚至受到天皇接见，允许自由进出皇居。正是如此丰富的人生阅历，成就了信之眼前的卓越风姿。

最让人印象深刻的，自然首推那冰肌玉骨。

（她竟然是个老太婆！）

信之一时难以接受事实。

但是，按照她的阅历来推算，她确是年近花甲无疑。

阿通引信之踏进玄关。那平易近人的感觉，实难让人想象她如此高雅。

信之的妻子小松殿半点都不会隐瞒她的自负，跟阿通正是背道而驰。

——我就是关东和真田家之间的桥梁！

随便谁都会从她的态度中读出这弦外之音。

小松殿确实是信之的贤内助，怎奈她生性要强，关键时刻不管对方是谁都不肯退让。关原之战打响的前夜，真田信之尚未回到沼田，支持西军的真田昌幸抢先来到城下，称想进城看看孙儿。当时，小松殿断然答道："纵是父亲大人相求，亦无法打开城门！"她甚至披上甲胄，手持薙刀，亲自把守城门。

若信之的妻子是小野阿通呢？只怕她会轻易开门，将公公昌幸迎进去吧……这便是小松殿和阿通的区别。

信之被阿通带到了茶室。阿通府邸内自该有侍女才是，哪知竟不见人影，甚至仆从都不见一个。这表明她打算一手操办此事。

名曰茶室，实不讲究。固然打扫得纤尘不染，却再无哪一点值得夸耀。

四壁皆是木板的房间里，挂着一幅小水墨画，上绘山茶一朵。

信之事后才知，这山茶正是出自阿通之手。

炉火熊熊，水壶上方的热雾腾腾。两人就犹如置身农家，感觉非常轻松。

红日当空，让茶室的纸门更显亮堂。

阿通见信之坐好，一度告退离去，须臾又重回房中，行了一礼坐在炉前。她身上传来信之从未闻过的幽香，当是异国舶来之物。

阿通往壶中倒了些凉水，笑道："一到冬天，京都便冷得要命呢。"

"纵有暖阳当空，凉意犹甚刺骨……"

"是啊。"

"我的老家信州啊，只要是晴天，就算是雪都挺暖和。"

阿通点了点头，开始倒茶。茶碗是异国舶来的青瓷。白皙的双手丰盈动人。

信之凝视着阿通的脸庞，不觉痴了。

（如此奇女子……真是闻所未闻……）

见信之喝了茶，阿通又道：“这明国茶碗是太阁大人所赐，尚算稀罕。”

“怪不得……”

茶碗确实精致。然而，信之对茶碗之类的东西全无兴趣。

父亲昌幸、弟弟幸村亦皆如此。

“伊豆守大人……”阿通凝眸问道，“您跟左卫门佐大人有几年未见了？”

“自关原之战以来，就再未谋面。”

阿通露出微妙的表情，喃喃道：“好生凄凉……”

不知这“凄凉”何意。莫非是指武家男儿的无奈？亲兄弟各奔东西，见面时甚至要避人耳目……

（哎呀！我此来明明是要见幸村的！）

信之被阿通倾倒，一时竟忘了最重要的事情，不觉满脸通红。

“阿通大人，此番有劳……”

“大人言重了。如有不周，尚望海涵……”

正说话间，真田幸村父子来了。

第拾叁话

侍从山本传藏报称真田幸村一行到了。

"左卫门佐大人到！"

阿通将此事告知真田信之，便离开了茶室。许是去迎接幸村了吧，就像方才带信之来茶室那样。沉稳如信之，此际亦不禁激动。

昔日一诀，两兄弟阔别十五年了。

（这该如何开口相叙啊……）

知非之年的信之，忍不住开始回想和幸村共度的光阴，开始回想岩柜城里面的那两个孩子。幸村名义上是四十九岁，其实跟信之同年而生。真田家宣称信之和幸村都是信之生母山手殿的孩子，但幸村的生母另有其人，只是真田家的一个侍女。

那侍女怀了真田昌幸的孩子之时，武田信玄尚未离世，真田府邸位于信玄居馆所在的古府中（甲府市）城下。信之从不曾见到幸村的生母，只听说她来自甲斐山间，身份低贱。因此，讨论幸村生母是真田家的禁忌，少年信之唯有从传闻中略知一二。

然而，这两人一直似同胞兄弟般手足情深，深知对方的性格和想法。

幸村无疑自知来历。

山手殿以前非常讨厌幸村，真田昌幸却对幸村倾注了大量的父爱，硬让山手殿出面承认幸村是她生的孩子。

前年六月，山手殿（寒松院）病逝真田庄的居馆。丈夫昌幸死前，她一直不肯离开纪州的九度山。而当时对她百依百顺、孝顺有加之人，正是她昔日无比厌憎的真田幸村。回到真田庄之后的山手殿仿佛变了个人，时时命人给九度山的幸村夫妻送去衣物。

幸村的生母诞下幸村便搬到了真田庄，住的正是阿德那个小屋。怎奈她不久便告病逝，死时年纪尚轻。无人知晓她葬在何处，一切皆由昌幸命可靠的部下暗中料理。昌幸死前没有向幸村细说此事，幸村亦从不询问生母之事。

见幸村走进茶室，信之第一句话便是感谢弟弟替他向母亲山手殿尽孝。

幸村略略低首，微笑道："一切恐有不周，尚望兄长见谅。"

适才，小野阿通将幸村带到了茶室门口。听到幸村的足音，信之不禁屏息凝神。

"兄长……"

幸村推门进来，用那令人怀念的嗓音唤道。他比十五年前胖了一些。

"源二郎！"

信之登时喊出弟弟当年的名字。十五年的光阴，仿佛未曾流逝。

阿通知趣退下。茶室中唯有这兄弟二人。

就山手殿之事道谢后，信之问道："你有没有将我侄儿带来？"

"带来了。"

"好，好……"

"稍后便会介绍给兄长。"

"好，好呀。"

两人四目相对，无语凝噎。信之热泪盈眶，却无意伸手去擦。幸村静静微笑，似乎想用眼神来安慰兄长。

阿通带着小酒小菜回到茶室，默默行了一礼，回身离去。

幸村凝目望着阿通离去。无疑，这个小野阿通同样让幸村开了眼界。

"兄长，她真是个奇女子啊。"

"确实。"

"兄长跟她是旧识？"

"不，这是初见。"

"是这样啊……"

幸村拿住那古色古香的酒瓶，给信之斟酒。信之一口饮尽，又将那酒杯递给幸村，开始给弟弟斟酒。

"谢兄长。"

"你胖了呢……"

"兄长倒是一点儿没变。"

"当真？"

"是的。"

下酒菜是被切成薄片的柿子干，辅以甜酒般的酱汁。

幸村不觉赞道："她可真周到。"

"确实，我从不曾见到如此女子。"

"是啊。"

"源二……啊，不，左卫门佐……"

"兄长有话要说？"

"听说冬之阵时，你表现得相当不错。"

"兄长都知道了啊。"

"那自然。"

"兄长言重了，那只是攻方太不像样的结果。"

"哈哈，你这家伙……"

"甚至都不如当年攻打上田的德川部队。"

"当真如此不堪一击？"

"若不填平战壕，只怕他们真拿大坂城没招了。话说回来，坐视关东填埋战壕的守方跟攻方简直就是半斤八两嘛。这番战事啊，各种稀罕事都有。"

幸村露出苦笑。信之沉默。兄弟俩默默举杯。四周如此安静，唯有火炉上的水壶咕嘟作响。

须臾，信之忽道："就如此有趣？"

"啊？"

"打必败之仗，就如此有趣？"

幸村不答，而是放下酒杯，垂首说道："给兄长添麻烦了。"

"你就如此憎恨大御所？"

"不。"

"那你到底是为何而战？"

“幸村不知。”

“哎？”

“真的不知。”

幸村断然说道。他凝视着信之的脸庞，似乎是说：“望兄长莫再追问。”

“唉，我幸村就算再苟活十年、十五年，又有何用？”

“你就不替孩子们想想？”

“幸村自幼任性胡来，不比兄长谨慎……”

信之不待他说完便打断道：“你就是想拿下大御所的脑袋吧？”

幸村搪塞道：“这个嘛……”

“否则，你就不会出阵了。”

信之一语道破天机。

无奈幸村只是说道：“希望兄长宽宥幸村的恣意之举。”

信之不觉长叹。他果然无法说服弟弟。

信之端着酒杯，喃喃道：“我真想瞧瞧那传说中的真田丸啊……”

幸村立刻说道：“我同样遗憾。”

“你这张嘴呀……”

四目相对，两兄弟低低笑了。

——就这样结束吧。

仔细想想，德川家康实是闲得难受。如此老奸巨猾之人，真会对真田兄弟的会面抱有期待？正因有些期待，才会暗中行事。无奈两兄弟尚未见面，便理解了对方的信念和决意。

“想不到竟有缘再见兄长一面，幸村何等欣慰……”

幸村说到一半，如孩子般泪流满面。

信之凝视着弟弟，问道："你妻女都好？跟着你去大坂城了？"

"没有……"

"唔……"

"我打算近期将她们送到莲华定院。"

幸村坦然说道。这让信之一惊。别忘了，信之是幸村敌军的人，而幸村竟将妻女的下落明确相告。幸村对兄长信之的信赖一如既往，这当真出乎信之意料。

信之一直猜测幸村的妻女都去了大坂城。

"去莲华定院？"

"不错。"

"莲华定院啊……"

"正是。"

"好……"

信之喃喃道，捧着胳膊，闭上双眼。

小野阿通的足音自走廊传来。她又拿来一瓶酒。换了酒，阿通行了一礼，往火炉上的水壶里加了些凉水，便离开了茶室。她几乎不言不语，离开房间时亦是蹑手蹑脚，避免让真田兄弟听见动静。

陪幸村前来的草者暂且不论，真田隐岐守、慈海和尚、长坂理右卫门他们怕是都觉得信之正苦苦劝幸村投靠关东呢。

茶室中的真田兄弟再次举杯畅饮，只字不提战事。信之听幸村细细讲了父亲昌幸幽居九度山时的生活。幸村说完，又向兄长询问沼田和上田的近况。

真田兄弟的会面结束时，太阳都快要落山了。

出茶室前，幸村唤来了儿子大助。

"好大块头！"信之一见大助便感叹道，"显然是继承了祖父的身形……"

"兄长说得是。"

信之口中之人，正是他和幸村的祖父——昌幸之父，真田幸隆。

"大助向伯父问安。"

大助直视着初次见面的伯父信之，眼睛都不眨一下。大助现年十四岁，虽然不比樋口角兵卫的身躯，却无疑体格健壮。

（幸村竟要带着这孩儿共赴黄泉……）

信之隐隐有些不悦。他当然明白那不是幸村的意志，而是大助的决意。

信之将酒杯交给侄儿，开始给侄儿斟酒。

"谢伯父。"

大助一口饮尽，继而开始给信之斟酒。这是初会之酒，亦是死别之酒。

突然，幸村怪笑道："大助，若是出仕这位伯父，就有好日子了。"

信之登时醒悟，说道："大助，想不想用这条命帮伯父做事，晚几年死？"

他本可说得再稳妥些，无奈事出突然。

"一时情急，结果……"

信之回到沼田，如此向妻子小松殿描述当时的场景。

小松殿甚是遗憾，叹道："若我去了，想方设法都要将大助接回沼田。"

万事不萦怀的小松殿竟然如此不甘。

"幸村借此机会让我见见大助，怕是想让大助品评品评我吧……"

"品评？"

"万一大助喜欢当我这个伯父的家臣……"

"您的意思是……大助没瞧上您？"

"不。而是大助的决意坚若磐石。那贯彻初衷的意志，委实让人拍手称快。普天之下，又有几个真汉子会贯彻初衷呢？世风日下，人心不古，那些男儿和武士只知瞻前顾后，犹犹豫豫，总是再三推翻最初的想法。"

关原一役，昌幸、幸村父子和信之分道扬镳，一方支持丰臣家，另一方则投靠德川家康。双方的决意，一直不曾有片刻动摇。

所谓初衷，便是一瞬间的决意。那一瞬间的决意，便是此人所有人格的绝佳体现。武士从不轻言决意，但他们又有何物比决意更加宝贵？无论周围的情况如何变迁，武士都该当贯彻初衷。

年仅十四岁的真田大助悟到了这层道理。若换个角度去看，兴许便是"十四岁"的年龄妨碍了他的犹豫。唯有年轻人才会享受不畏死亡的特权。伯父信之保证让大助晚几年死，大助却毕恭毕敬伏地行了一礼，答称只想跟父亲同进退。

"那话音真是绕梁三日……"

大助的话音里没有矫揉造作，亦没有成年人的冷静沉着，只是饱含十四岁少年该有的青春活力，非常自然。

听到这儿，小松殿更是捶胸顿足："唉，若将他接回沼田……"

"别说了。"

"但是……我真田家若有了大助这一良材……"

"堂堂一个主母，如此哀叹，成何体统。"

第拾肆话

幸村话音一落，便带着大助出了茶室。信之如化石枯坐，一动不动。

真田信之见了大助，蔼然说道："大助，帮我把铃木右近喊来。"

"好。"

见大助这便要离去，信之忙又说道："啊，等等，别忘了跟他一同回来啊。"

"遵命。"

望着大助走出茶室，信之叹道："幸村，你哥哥没辙喽。"

"嘿……"

幸村微微颔首，脸上掠过一抹寂寥的笑。

片刻之后，右近随大助来到了茶室。右近的臂下夹着一个包有明黄布的细长木箱，箱子里放着一尺二寸余的了戒房吉小刀，正是信之出生时祖父幸隆赠的贺礼。刀匠了戒房吉不太出名，幸隆却对此刀赞不绝口，称其做工精细，自是缜密锻造而成。信之命铃木右近带上此刀，本想赠给幸村，哪知半路上又听慈海说侄儿大助跟着幸村来了，便想不如将此刀赠给大助。

“这是伯父给你的见面礼，”信之拆开包袱，取出箱中短刀交给大助，“你仔细瞧瞧吧。”

“是！”真田大助兴奋得脸都红了，“谢……谢伯父！”

大助毕竟只是个十四岁的天真少年。他难掩笑意，接下房吉短刀，摆架子耍了几下，一举一动委实招人怜爱。幸村和信之四目相对，脸上皆是难以名状的表情。大助将刀身插回刀鞘，两颊绯红，伏地道谢。

“伯父的礼物拿得出手吧？”

“拿得出……谢伯父！”

“哈哈哈，如此便好。”

天下无不散之筵席。

见信之有意离去，幸村劝道：“兄长，别送了。”

信之不是不懂弟弟的意思，只得叹道：“那好……”

“就这样告别吧。”

“好。”

大助又忘了信之一眼，双手伏地，低头致意。

此时，铃木右近说道：“左卫门佐大人，祝您武运亨通。”

幸村笑道：“兄长，此人真是一点儿没变。”

“不，他大有长进了。”

“那就最好，”幸村点了点头，唤道，“右近……”

“大人有何吩咐？”

“麻烦你了。”

大助不懂得父亲口中的“麻烦”之意，但信之、幸村和右近之间不需要事事言明。

铃木右近立刻答道：“是！”

幸村解下随身携带的小刀，说道：“收下吧。”

“给我？”

“来国俊。”

铃木右近上前接下小刀，肃容说道：“谢大人！”

幸村又道：“这小刀是亡父遗爱。得赠你这般顶天立地的男儿，实是三生有幸。”

回想当年，父亲真田昌幸对尚名“小太郎”的铃木右近喜爱有加，没事便喊他“小白兔”取乐。眼前的铃木右近早就没了绰号般秀美的容貌，唯有那双浑圆水润的双眸跟当年如出一辙。

“兄长。”

“唉……”

“保重。”

幸村话音一落，便带着大助出了茶室。信之如化石枯坐，一动不动。小野阿通没有现身，怕是去送真田幸村了吧。

不同的房间里，幸村和信之带来的人各自等着会面结束。

阿通和铃木右近望着幸村父子和草者一行离开府邸之后，迫小四郎竟然来了。当时，信之正由阿通引着，沿走廊踏向随行众人待着的别邸。真田隐岐守、慈海和尚和长坂理右卫门没见到真田幸村一行。德川家康显然曾指示由小野阿通一手操办此次密会。

阿通的侍从山本传藏现身说道：“慈海大人，有使者求见……”

慈海和尚闻言去了庭院。竹林中，扮成商人模样的迫小四郎单膝跪地。信之正带着铃木右近沿竹林后的走廊前来。

慈海瞥了信之一眼，来到小四郎身旁问道：“有何要事？”

“阿才未回大坂……”

“啊？”

“我去忍宿瞧了瞧，结果柏原市藏大人说她前天夜里就离开了。”

“一点不错。”

“但是，她没有回到大坂。”

“这就怪了……”

“是啊……”

“太奇怪了。”

“头领非常担忧。”

“我明白。”

真田信之一进房间，叔父隐岐守便忍不住站了起来，用眼神询问结果。

信之摇了摇头，隐岐守信尹登时一脸失望。

长坂理右卫门面不改色，低头向信之致意，说道：“有劳了。”

真田隐岐守和长坂都相信真田信之苦苦劝说了幸村，无奈幸村不依。

第拾伍话

"他就是挂念你，才会恼火你不辞而别嘛。若是无足轻重之人，哪值得他动怒、悲伤？"

真田兄弟的会面，牵动了一部分关东忍者。他们要给沿东海道南下的大御所家康和慈海和尚、长坂理右卫门报信。而潜伏大坂的那些关东忍者则想亲眼确认真田父子离城。

会面当天，长乐寺和小野阿通府邸周围均未大肆警戒，反正暗中照看真田幸村的草者们没察觉有警卫人员。

由此可见此事确是暗中进行。包括前来通报阿才失踪一事的迫小四郎都对此一无所知。小四郎去京都的忍宿时，柏原市藏只是说慈海大师去了阿通府邸。慈海仅仅吩咐柏原市藏"有急事便来阿通府邸见我"罢了。

关东忍者早就忙得不可开交了。

伴长信一直陪着逗留大坂一带的德川秀忠，同时指挥一部分甲贺山中忍者行动。而其余甲贺、伊贺忍者则要保证德川家康平安回到骏府，而且要预防京都一带的异变。

元旦之后，大坂城的情况日渐不稳。

关东方面不分昼夜填埋战壕，跟城内冲突不断。将军秀忠的本阵自不用说，纵是伏见、京都都有半武装的关东部队来回巡视，所司代板仓胜重更是忙着搜集四方情报。

七日的夜里，离开小野阿通府邸的真田幸村一行下久我忍宿，次日（八日）回到了大坂城。

八日一早，城中的浪人战将不见幸村人影，登时议论纷纷。

"莫不是投靠关东去了？"

"这家伙果然是……"

结果，幸村又回来了。

"您到底去哪儿了啊？"

伊木七郎右卫门一脸惊慌，冲过来问道。

他早就被真田幸村的人格魅力深深折服，此来全无质问之意。

（那流言若是真的……）

他自然坐立不安。实际上，他早就决意追随幸村，哪怕是去赴死。直属长官若无法和士兵相知，士兵便不会死命追随长官。这便是战争。正因如此，伊木才如此不安。

幸村答道："没事，我去生驹地区看了看。"

"生驹？"

"不错。伊木大人，一旦开战，需从生驹出城。"

伊木七郎右卫门点了点头，拍着膝盖，恍然大悟。

"您懂了？"

"懂了，懂了！"

战事再开之时，关东部队便会沿生驹山脉进军大坂。怪不得幸村会去视察生驹一带的地势。伊木如此推测，正中幸村下怀。

幸村和大助皆未将会面之事告知从九度山跟来的家臣。唯有向井佐平次知情。因此众家臣亦是慌张失措，纷纷质问不离幸村左右的佐平次。

"大人到底上哪儿去了？"

佐平次答道："大人带着草者去生驹了。"

"啊！原来如此……"

众家臣亦生出伊木七郎右卫门那般推测，顿时放下心头大石。可见他们对幸村是何等信赖。幸村蛰居九度山时，经常出门闲逛。但现下情势要坏，家臣们难免担忧。

回到大坂城的当夜，幸村对向井佐平次说道："兄长挺想见你一面的。"

"此话当真？"

"千真万确。"

"他不恼火我不辞而别？"

"当然恼火。"

"那就是了。"

"他就是挂念你，才会恼火你不辞而别嘛。若是无足轻重之人，哪值得他动怒、悲伤？"

"啊……"

"这是兄长让我带给你的。"

幸村将用纸包着的金币交给佐平次。佐平次接了金币，无言以对。

"你妻女一切安好。"

"是……"

"你就不想念她们？"

佐平次默然。

"若是想，回去也成。"

"堂堂左卫门佐大人，竟如此胡言乱语！"

佐平次立刻说道，言下颇有斥责之意。

"佐平次，你敢对我发怒？"

"敢。"

"没料到我是这种人？"

"不错。"

"饶了我吧。"

"不饶。"

"哎呀，见谅嘛……"

幸村伏地行礼。

"不饶！死都不原谅你！"

向井佐平次傲然挺胸。两人不愧是自幼亲密无间的主仆——其间虽有中断，竟可如此调笑。

话说回来，德川家康八日一早便去尾张名古屋城的城郊鹰猎去了。有史录称他一路纵鹰，猎得鹤三，另有雁、鸭若干。

家康刚从天寒地冻的战场上回来，不待疲劳缓解，便又出去打猎。众侍臣见状均是瞠目结舌。

其中不乏忧心他身子之人，大胆谏道："主公，别再鹰猎了……"

家康对此付诸一笑。

"尚不到放松的时候呢。"

看来，他都开始盘算再次动兵之事了。滞留大坂的将军秀忠和京都的板仓胜重相继派出急使，追上家康的队伍，提供第一手情报。

家康对情报加以分析，运筹帷幄，以求再次杀向丰臣家。他就这样盘算着沿东海道一路南行。

抵达名古屋时，将军秀忠的急使来到，报称大坂城内壕的填埋工程用时甚久，恐将超出预计。家康听了，笑脸不变。

家康一路闲适，听取各种汇报，思索计谋。一旦事态有变，就直接扭头杀回大坂。其间，他和秀忠分头褒奖了冬之阵立下战功的大名，以打下第二次动兵的基础。

正月九日，德川家康一行离开了名古屋，踏进冈崎城。冈崎城主本多康纪尚未从大坂附近归来，其家臣欲博家康一笑，使出浑身解数。

十日，家康逗留冈崎，再度放鹰打猎。冈崎城曾是家康的大本营。昔年，家康的长子信康奉织田信长之命切腹身亡，地点正是冈崎。冈崎城象征着家康的忍辱负重，凝聚着家康的血泪。

年逾七旬的德川家康重回冈崎，自是感慨万千。

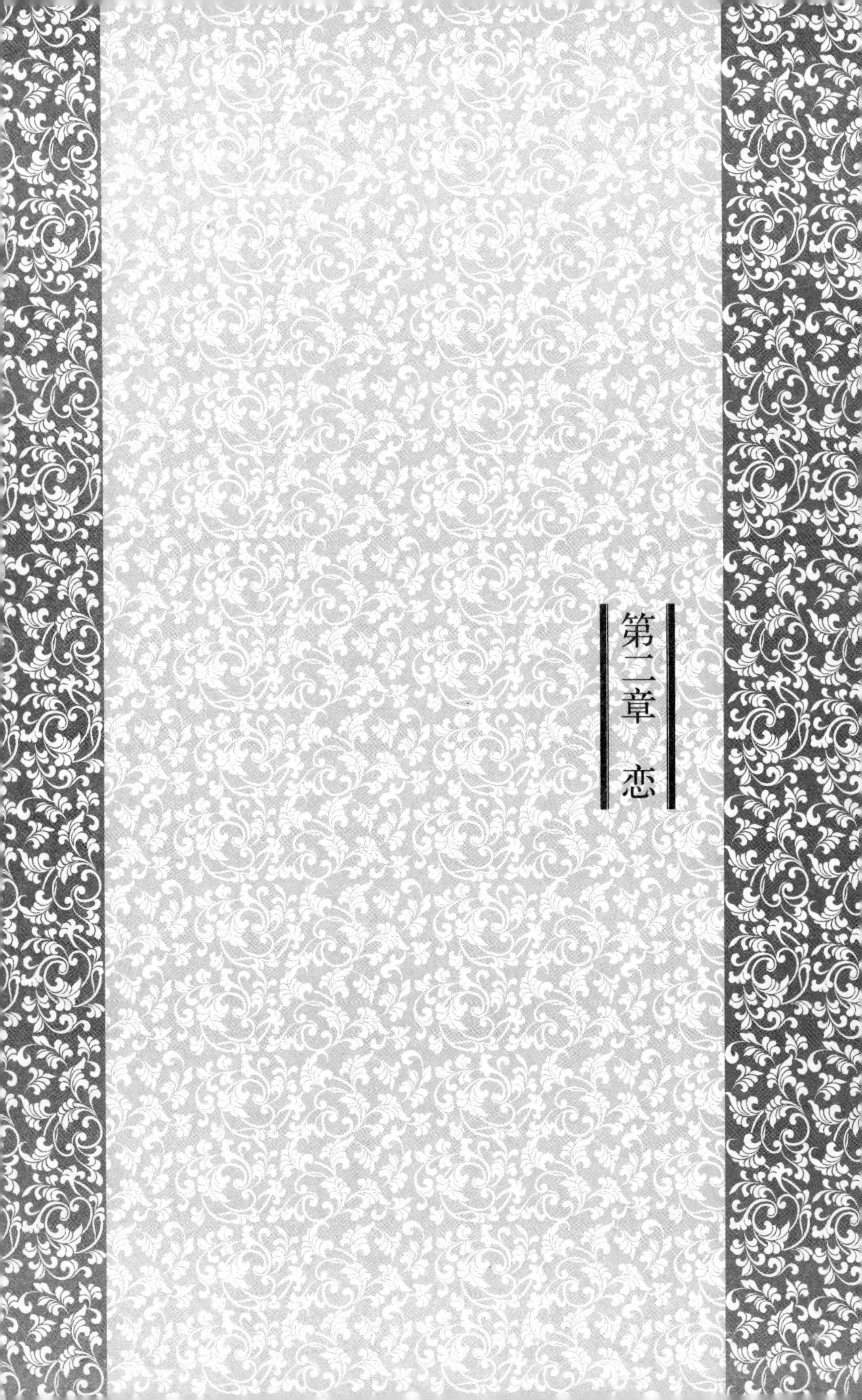
第二章　恋

第壹话

此际，伊豆守真田信之尚未离开京都的府邸。

信之见到弟弟幸村之后，德川家康便让他待命京都，等候指示。家康一旦有了指示，慈海和尚、长坂理右卫门便会前来相告。会面结果早由慈海告知了东海道上的家康。

后来方知，家康听说真田兄弟的会面没促成幸村投靠东军，一句话都没说，唯有一丝苦笑，没有就此责罚信之。

不久，家康派人告诉信之别回沼田，先去江户待命。

再说信之见完幸村之后，便回到了室町的真田府邸。

当夜，他召来铃木右近，说道："右近，一切皆如所料，只是……若任由大助阵亡，未免可惜，我们想想办法把侄儿接回来吧……唉……"

"主公说得是。"

"我竟然一点办法都没有。"

"太遗憾了。"

信之默然片刻，又问道："右近，你对小野阿通有何看法？"

阿通自然让右近瞠目结舌。

"她的名字如雷贯耳，但是……"

右近说到一半就沉默了。可见阿通其人确实大大出乎他的意料。

既是一代才女，举手投足自会洋溢出才华和见识。右近本以为阿通会是个难以接近的老女人。信之亦然。阿通那年轻丰盈的体态固然令人惊讶，可更惊人的则是那不加修饰的气质，以及朴素却周到的待客之道。

阿通不假侍女、侍从之手，亲自招呼信之、幸村兄弟，令信之深受感动。

"咱们可得好好谢谢阿通。"

"确实是。"

"想来幸村亦会有所表示。"

插句题外话。真田幸村赠给小野阿通的谢礼，竟是一匹栗毛骏马。这不愧是幸村的行事风格。

"冬之阵虽告结束，无奈我尚自未离战阵。此事您当有耳闻。因之,恕我无法面谢当日恩情。此马性情温驯,相信会博您一笑……"

骏马和幸村的信函由家臣高梨内记和向井佐助等三名草者送到小野阿通府邸。

信之向铃木右近问道："该送些什么才好呢？"

"这……阿通大人这般才女，万不可敷衍了事，但百般思量又不是回事……我觉得足以表达谢意就行了。"

"那你说何物最妥？"

信之问道。右近一时没了主意。

"送什么才好？快说！"

见信之如此性急，大反常态，铃木右近不觉一惊，茫然抬头。

"我问你送什么好！"

（咦？）

右近讶然望向信之，只见信之的脸色渐渐红润……

太阳打西边出来了。信之非常兴奋。右近从未见他如此重视区区礼物之事，一时不觉语塞，唯有呆呆盯着信之。

信之将头一扭，说道："好好想想。"

他撂下一句话，便起身快步走出了书院。

"哎呀呀……"

右近忠重忍不住微微叹息，呆坐着凝视烛台那摇曳的灯火。

翌日一早，他又被信之叫了去。

"右近，想得如何了？"

"主公问的是哪件事？"

右近故意反问道，只见信之一脸焦躁。

"自然是昨夜之事！"

"昨夜？"

"给阿通的谢礼啊！"

"啊！"右近猛然一拍膝盖，"此事当真不可耽搁。"

"哪有被这点小事困住的道理！"

"就是啊。"

"快说，有何好意见？"

信之的言语中透着一股急切。

"那我就直说了……"

“快说啊！”

“望主公稍候片刻。”

“啊？”

信之瞪着右近。右近察觉信之的眼皮浮肿，昨夜怕是一宿未眠。真田信之自幼稳重，从不会对家人和家臣露出焦躁之态。

（这……这太惊人……太惊人了……）

铃木右近缓缓回到房间。他跟信之刚好不同，昨夜回房一躺下便有了主意。

（对了！那东西正合适！）

他想到了真田信之生母山手殿的娘家（菊亭大纳言家）所赠之物，所以他一大早便将之从纳户（仓库）中寻了出来。

右近回房取了东西回来，只见信之正在书院中来回踱步。

“让主公久等啦。”

“你上哪儿去了？”

“属下去取谢礼……”

“这是何物？”

“主公请看。”

右近解开紫色的包袱皮，取出一个细长盒子。盒中放着卷轴。

“就送这个？”

“主公，别急嘛……”

右近摊开卷轴，只见一只野兔活灵活现，却是幅水墨画。

正午芒野，一只野兔睡得正香。

铃木右近郑重其事，说道：“这是海北友松之作。”

第贰话

阿通只是接待了信之一天，信之竟大有为伊消得人憔悴之势。右近瞧着信之的变化，不知这事情将怎样结束。

　　海北友松是当时杰出的画家，其父纲亲是浅井家的重臣之一。

　　浅井长政被织田信长所灭，海北纲亲带着两个儿子英勇阵亡。纲亲的第五子友松无奈剃度出家，这才留得一命。当时的友松是四十许间。他有天生的绘画才华，无师自通，画境独具一格。

　　父兄阵亡之前，友松的画名就享誉日本了。史称此人之画："俊爽、蕴藉兼备，金碧、水墨皆长，山水、人物无有不通，是桃山画坛之杰。"日后，友松之子海北友雪将"海北派画风"发扬光大，大受幕府将军德川家光之喜。

　　将门出身的海北友松以画家之姿享誉天下，却又时刻不忘重振海北氏的家名，因此苦苦磨炼武艺，是一位使用长枪的高手，和各地武人均有联系。譬如明智光秀的重臣斋藤利三就跟他交往甚密。

　　山崎一役，明智军大败溃散，斋藤利三被秀吉活捉，丢到三条河原施以磔刑。友松不忍见这位至交曝尸荒野，夜半时分竟会同好友东阳坊长盛（真如堂的塔头）举长枪冲进刑场，赶走卫兵，夺回斋藤利三的尸首，厚葬真如堂。丰臣秀吉没有因此责罚海北友松，反而很是敬佩他的一身傲骨。

细细寻思，友松大概有好几次重振家门的机会，无奈他毕竟是奉有后阳成天皇敕命的大画家，只得以画家身份老去。

真田信之和铃木右近自然知道友松的名字。

"呵……"信之凝视着野兔图，赞道，"真亏你能想到。"

"主公意下如何？"

"甚好……"信之深深点了几下头，"当足以博阿通大人一笑。"

"是。"

小野阿通的居馆别名"鹤之间"，纸门上用水墨绘有五只仙鹤，正是海北友松的大作。那纸门是友松应阿通之请所绘，信之和右近对此自是一无所知。铃木右近只靠直觉，便将小野阿通和海北友松联系上了，确实才智过人。

倘若送些奢华的衣裳道具，真不如送一幅友松的野兔图。

右近觉得，阿通这般女子当会中意此画。

"嗯……嗯，这样便好。绝不会丢人现眼……"

信之两眼放光，一脸满足之态。信之亦明白阿通的深邃。

"是由属下送去，还是……"右近抬头望向信之，"主公亲自送去？"

信之登时有些狼狈，说道："我拟一封书信致谢……你给我送去。"

"遵命。"

"但是……"

"啊？"

"不，没事。快点送去就行了！"

"主公，您的信呢？"

"我知道！我这就去弄！"

"遵命。那我先告退了……"

右近收好画卷，正待离开书院，却被信之唤住："啊，等等！"

"主公有何吩咐？"

"嗯……"信之犹豫片刻，却道，"罢了，去吧。"

铃木右近行了一礼，去了隔壁房间，然而又折了回来，问道："主公真没别的吩咐了？"

信之瞪了他一眼，说道："烦不烦啊！"说罢匆匆踏上走廊离去。

（他肯定是被阿通大人给迷住啦……）

右近摇着头，离开书院，一路嘀咕道："主公呀……主公……"

就某些方面来说，真田信之不是很老实本分。就算是有正室小松殿一同生活的沼田城内，他都会对中意的侍女动手动脚。

然而，这个年逾五旬的信之，竟会对小野阿通萌生如此激烈、率真的倾慕……铃木右近自然难免惊叹。阿通只是接待了信之一天，信之竟大有为伊消得人憔悴之势。右近瞧着信之的变化，不知这事情将怎样结束。阿通不比侍女，信之无法仗势占有。更何况襄王有意，神女未必有心。右近很担忧信之的这番恋情会无疾而终。

信之天性贤明，自不会不懂这个道理，怎奈此事不比其他。

右近忐忑不安。

信之细细斟酌，花了好一番功夫才拟就信函，唤来铃木右近。

"久等了。"他将印有家纹的文箱交给右近，似乎恢复了平静。

右近问道："是否需要她回复？"

"这……"信之闭目寻思片刻，"看阿通的意思吧。"

右近听出了信之的话中话，说道："那我去去就回。"

“麻烦你了。”

铃木右近孤身去了小野阿通府邸。他不是特别着急。他知道身后正有人跟着。那是一个用黑漆草帽挡着脸的武士，不是别人，正是信之的家臣——马场彦四郎。

铃木右近来到阿通府邸，道明来意，便被带往书院等候。

阿通含笑现身。右近先谢了前日的款待。

“烦大人亲自前来，妾身好生惶恐。如有不周，尚望大人见谅。”

阿通的谈吐予人难以名状之感。如何难以名状？皆因句句肺腑，不是一般的场面话。右近不禁感叹这女的当真了得。

长坂理右卫门将策反失败的消息告诉阿通之后，她一度反思当日是否有更好的方法安排真田兄弟会面。

右近取出海北友松的野兔图，在地上摊开。阿通一见画作，登时惊呼。

“大人可是中意？”

“真田大人真想将友松画伯的杰作馈赠阿通？”

“这是我家主公的一片心意。”

“哎呀……”

“望大人笑纳。”

“如此贵重之物，妾身不敢当……”

“大人中意，我家主公便放心了。”

“但是……妾身真是不好意思收啊……”

阿通难掩喜悦。虽有自制，兴奋的神色却早就爬满她的面庞。右近将信之的信函递给阿通。阿通接来一看，两颊更见绯红。这一幕，右近自是看得分明。

第叁话

小野阿通看完真田信之的信，又从头看了一遍，继而对铃木右近说道："麻烦您稍等片刻。"

"您肯回信？"

"那是自然。"

"那我家主公无疑会又惊又喜！"

右近凝视着阿通，只见她恢复了平静，含笑将信之的信函收进怀中。

"妾身失礼了……"

她向右近行了一礼，走出书院。

不久，侍从山本传藏带着两名手捧酒菜的侍女来到书院，说道："若大人不嫌弃，小的想跟大人小酌几杯。"

"那真是再好不过……"

山本传藏对着右近坐下，给右近斟酒。右近一口饮尽。

这究竟有多久呢？

（竟然如此之久……该不会是……）

小野阿通看完真田信之的信，两颊绯红，这似乎说明……

信之的来信显然让阿通大是兴奋。

（昨天才萍水相逢，竟然就……）

铃木右近本人很快便将迎娶少妻，却不大懂得男女之事。

（太磨蹭了……她不会是反复读着主公的信吧？）

这似乎是唯一的解释。

侍女两三次拿来酒瓶。

又一段时间之后，阿通总算回来了。山本传藏告辞离去。

阿通眼角带笑，说道：“让您久等了……”

铃木右近忠重满脸通红，如熟透的虾壳一般。他一喝酒便会脸红。

“谢大人款待。”

“大人言重了，一点小酒小菜罢了。”

“不，真是好酒！”

右近有些醉了。

“烦您将这个交给伊豆守大人。”

阿通将文箱放到右近面前，里头自然装着回信。除了文箱，她又拿来一个包着美丽包袱皮的小盒子。布料绣着日本没有的花朵和动物，当是异国舶来之物。

铃木右近道了谢，阿通和山本传藏一同送他出门。跟踪右近而来的马场彦四郎早就回到了室町的真田府邸，若无其事迎接铃木右近归来。

“大人去了好久啊。”

“是啊……”

“让主公久等了。”

“恐怕是吧。”

“阿通大人有何答复？”

“好像没有特别的答复。”

“主公在居所等候。”

“这就去？不会不妥当吧？”

马场彦四郎是伊豆守信之的近臣，右近故有此一问。

“主公吩咐，您一回来就带您去复命。”

“这样啊。好，好。”

信之隔壁的房间专供家臣待命。右近一进屋，纸门便被人猛然拉开。门口站着的不是别人，正是真田信之。

信之瞪着右近。

（我可没做过亏心事……）

右近强忍苦笑，肃容说道：“主公，属下回来了。”

“你去哪儿了？”

“主公何来此问？”

“阿通收下海北友松的画了？”

信之说话之际，一直盯着右近手中的文箱和小盒子。

“收下了，表情甚是欣喜。”

“那是何物？”

“主公说这个？”

“不错。”

“这是阿通大人的回信。”

“阿通的？”

"正是。"

"为何不给我！"

"这、这个……我正要给您呢。"

右近将文箱递给信之。

信之匆匆解开绳子，道："没事了。"

"啊？"

"退下吧。"

铃木右近又将包装精美的盒子放到信之面前，暗想此时早早离开确是上策，忙行了一礼退下。

信之瞥了一眼小盒子，先打开阿通的回信，看着看着，渐露失望之色。

信之去信感谢阿通的款待，又称今日愿登门拜访，听她聊聊京都的奇闻异事，继而写道："待战事平息，请一定来信浓游玩。山野小地，虽不比京都热闹，可初夏时节别有一番风味。在下居城位于上野沼田，但愿时时陪大人闲游……"

信之一咬牙，写得极为露骨，字里行间透着难以压抑的倾慕。

哪知阿通的回信竟极简略。她先感谢信之馈赠最倾心的友松野兔图，接着则称："妾身明晨将应淀君之邀，去大坂一行，恐难相见，深感遗憾。"

再打开那小盒子一看，却是阿通给信之沏茶时用的明国青瓷茶碗。阿通称那茶碗是太阁殿下所赐，但信之拿着这个异国茶碗又有何用？他只盼再见阿通一面，想借助回信确认阿通对他这番倾慕之情的反应。

信之看了又看，无奈阿通的回信根法无法让他满足。

阿通对信浓之行只字未提。信之不知道，阿通为写就这短短一封回信，在屋里待了许久。铃木右近之所以迟迟不归，皆因阿通命人上了酒菜。

"来人啊！"真田信之喊道，"彦四郎，过来。"

隔壁房间的马场彦四郎答应了一声。

"传右近。"

"是！"

第肆话

阿通信中自称明日将去大坂，真田信之欲确认这是否属实。

任务又落到了铃木右近头上。

"属下以为……阿通大人所言不虚。"

"别废话，去瞧瞧便是。"

"是。"

"天机不可泄露。"

"遵命。"

"右近，这有哪里好笑了？"

"这……属下没笑……"

"闭嘴！瞧你那一脸奸笑！"

铃木右近无言以对，暗想主公竟跟黄毛小儿似的开始闹了。

真田信之自幼老成，纵是亡父昌幸都感叹这家伙的城府令人艳羡。哪知年逾五十之后，他竟碰到了难以克制感情之事……

这自然让右近讶异。

次日一早，铃木右近戴上草帽，悄悄离开了真田府邸。包括马场彦四郎都没有察觉他的行动。

右近回府后，彦四郎抓住他问道："上哪儿去了？"

"您为何如此吃惊？"

"呃，不是吃惊……"

"我可否见主公一面？"

"稍候片刻。"

彦四郎去真田信之的居室请示。

"右近回来了？带他来。"

"是！"

彦四郎走出房间，歪着脑袋，两眼闪着异样的光。

听完右近的禀报，信之仿佛松了口气，慰劳道："好……有劳了。"

（莫非阿通是不想见我，才借口要去大坂？）

信之一度如此怀疑。无穷的倾慕，让他萌生了猜疑嫉妒之念。听完右近的汇报，信之不禁厌恶起了自己。

（我竟会……）

这又是稀罕事一桩。

自尾张名古屋地区来到三河冈崎城的德川家康终日放鹰取乐，按兵不动。滞留大坂近郊的将军秀忠所几番派急使来到冈崎，禀报大坂城战壕的填埋情况。德川家史录称："御使佐久间政实、安藤正次自大坂而来，大御所召见询问大坂战壕填埋之事。"佐久间和安藤答称二丸战壕极深，推倒土堤尚嫌不足，只得再推倒千贯橹、织田有乐斋府邸和大野治长府邸，将木材投至壕中，方始填平。

两天后，丰臣秀赖的使者伊东长次、青木一重联袂来到冈崎。

史录称，两使者质问家康道："议和誓文里白纸黑字明言只需填埋总构战壕，怎奈贵方人多势众，竟将城中的战壕悉数填平，有违当初条款，不知大御所如何解释此事？"家康若无其事，答称他确实只命人填埋外壕，皆因执行者一时糊涂，不慎将城中战壕全填平了。

史录又称："不久，关东回复将择日再缮战壕，就此让使者回去。"

但这"择日"到底会是何时？众人无从知晓。

伊东长次和青木一重本就跟大御所家康颇有渊源。长次之父伊东长久是织田信长的家臣，信长死后投靠丰臣秀吉，故长次实是丰臣家臣。关原之战前夜，他暗通家康，将西军统帅石田三成的动静逐一相告。长次报信有功，战后得保封地不变。丰臣家派这种人出使，自然解决不了问题。

史录之中，使者向家康禀报的内容和他们跟家康讨论的内容皆未明言。

而那个青木一重则是德川家康的旧臣。他不知为何投奔了丰臣家，却几番暗助家康。怪不得草者阿江会说勾结家康的丰臣家家臣数都数不完。

正月十九日，将军德川秀忠离开冈山本阵，回到了伏见城。大坂城大半战壕填平之前，秀忠半刻不离本阵。此际，他命本多正纯、安藤重信下榻大坂，监督其余战壕的填埋工程。

前文说到的大画家海北友松当时正客居京都，病榻上的他听闻关东方面粗暴践踏和约的举动，不禁愤然说道："真是厚颜无耻，前无古人！"而放任关东为所欲为、袖手旁观的大坂方面，则成了友松口中的"无智蠢愚"之辈。

正月二十四日，将军秀忠自伏见前往京都二条城。

两天前，伊豆守真田信之带着几个家臣离开京都，开赴江户。小野阿通仍在大坂，尚未回到京都。铃木右近曾三番两次去阿通府邸打探她何时回京，侍从山本传藏回答不知。

将军就要回江户了，信之无法再逗留京都。

信之此番上洛是大御所家康亲自下令，跟将军无关。将军秀忠虽然知道他上洛一事，表面上却未理会。因此，秀忠抵达伏见后，信之没有求见，而秀忠亦默认了眼下的情况。

真田信之骑马离开京都，小野阿通所赠青瓷茶碗片刻不离身。此事连那铃木右近都未发现。

第伍话

信之上洛期间，妻子小松殿自沼田来到了江户的真田府邸，等着夫君归来。

正月二十七日，准备回到江户的将军德川秀忠进宫谒见天皇、上皇，致以问候。见东西双方握手言和，天皇、上皇均甚欢喜。随将军一同进宫之人皆被授予爵位。然而，秀忠深知父亲家康的志向，唯有遵照尚未返回骏府的家康之指示，有条不紊筹备再战。

二十八日，将军一行离开二条城，动身返回江户。要回沼田的真田部队则先行动身，二十二日便早早离开伏见。

同时，德川家康自冈崎城去了三河吉良地区，日日放鹰取乐依旧。史录上满是"今日烈风，未放鹰"和"至吉田一带放鹰，猎获鹤、雁、鸭若干"之类。

家康不急着回骏府，而是想等将军追上来会合。

其间，丰臣秀赖的使者吉田玄蕃来到吉良，带来秀赖的礼品——

"印染箔小夜物二，绯纶子小夜物一，绯纶子被褥一，绯鹿子被褥一，描金枕一，红梅枕巾一。"

这些东西用两口桐木长箱装着，以慰劳家康路途奔波。

大野治长另奉纯白纺绸十匹，可见丰臣家对大御所家康的周到打点。他们只求家门存续，永不再战。礼品中正透着这一祈愿。

将军秀忠离开二条城的次日——二十九日，德川家康离开三河，边鹰猎边行路，就那样来到了滨松城，三十日则从滨松前往中泉。

中泉（静冈县磐田市）和滨松咫尺之遥，是古时的远州国府。

家康刚一到中泉阵屋，将军的使者内藤正重便来报信。

——战壕全填平了。

家康听了，欣然一笑。

将军动身后，关东方面的诸部队各自踏上归程。

"大坂浪人几无离去，仍居城中……"

正如史录所言，大部分浪人战将都没有离城而去。丰臣家千方百计取悦德川家康，却又不敢遣散辛苦召来的战将。如此情况，正中家康下怀。

大坂浪人见关东部队撤退，便着手再挖战壕，同时加紧建造箭楼。

（来得正好……）

家康闻知，更是眉开眼笑。

是日，将军秀忠一行抵达伊势龟山。

二月一日，将军抵达伊势桑名，而大御所仍于中泉地区鹰猎。

二月七日早晨，秀忠抵达中泉，和父亲家康会面。元和元年的二月七日，便是现下的三月上旬。不经意间已是赏梅时节。然而春寒料峭，仿佛冬天犹未逝去。

见儿子秀忠自滨松来到，德川家康笑着出迎，说道："你可来了！"

确认会面的日子之后，家康便寻思着该如何招待将军才好。他命人烹制了数十种菜肴备选，一一试味，加以评点。

“这哪行。”

“这不合将军口味。”

去年冬天的战事让秀忠甚是辛苦，家康自然想好好慰劳儿子一番。

德川秀忠仿佛变了个人，跟离开江户时大不一样。关东没打败仗，因此他的眼神犀利如故，怎奈两颊颇见消瘦。

宴席结束，家康、秀忠父子和谋臣本多正信、正纯父子去了别间，密谈数刻之久。随后，家康又召来土井利胜，再三谋议。

密谈何事？自是如何再开战事。

要再度开战，自然就需寻得一个大义名分，更何况双方都签了和约。德川幕府要再度动兵攻打大坂，无疑要有一个让天下人无法指责的名目。

大御所家康急不可耐。家康精力充沛，顶着瑟瑟寒风放鹰狩猎都不成问题，但他毕竟七十四了。

（趁我还有一口气……）

家康早有决意。要亲眼见证丰臣家服服帖帖，当在身体硬朗时快刀斩乱麻。

现代人的平均寿命长了不少，绝无法理解古人如何看待七十四岁这一年龄。

（不知能否看到明日的太阳……）

人生七十古来稀，古人一直以“古稀之年”称呼七十岁。而德川家康都七十有四了。

因要再开战事，家康坚持沿途鹰猎，锻炼身体。然而，又有谁知道病魔是不是正伺机而动，随时夺他性命？这样的例子，家康早就看到无数。

二月七日，将军秀忠至中泉和父亲家康相见，当天傍晚前离开中泉，去了附近的挂川城。而家康仍下榻中泉，同时命人让国友地区的铁炮锻冶者"加紧"制造大筒（大炮）和铁炮。

自火器远渡重洋而来，近江国坂田郡国友村的铁炮锻冶便跟和泉国的堺地区共享"铁炮制造双璧"之誉。

刚刚谈妥休战，家康便公开制造火器，而且主动派人把消息散至京都、大坂一带。

京都所司代板仓胜重忙得要命。关东忍者大规模暗中行动。慈海和尚、伴长信尤其焦头烂额。

冬之阵告一段落，诸大名见家康急着填平大坂城的战壕，再听闻这一消息，自会顿悟他果然是要灭了丰臣家。

这样一来，丰臣家便会日渐忐忑。他们表面上讨好家康，背后却又疑虑重重，忍不住悄悄作出两手准备，以防万一。

这便是家康的用意。

二月十日，家康离开中泉，十四日抵达骏府。从京都至骏府，一路上足足花了四十天，行路之际不忘进行各种指示，筹备下一次战事。

同日，将军秀忠抵达相州小田原。

十五日，骏府下了一场春雪。

十六日，将军抵达江户。

真田信之早就到了江户，回到外樱田地区的真田府邸。信之上洛期间，妻子小松殿自沼田来到了江户的真田府邸，等着夫君归来。

第陆话

三月一日午后，德川家的长坂理右卫门景行来到了江户的真田府邸。他此番是以家康密使的身份暗访，却没带来特别的指示。家康只是让他将一尺四寸余的关兼房小刀和亲笔信函交给信之。

家康的信函甚短。

"几日前跟左卫门佐之会面多有劳烦。"家康先对他慰劳一番，继而又称，"暂留江户，等候指示。"

家康没有责罚信之。难道他真的觉得信之会苦苦劝说弟弟幸村？要不然就是看穿了信之没太劝说，只是借机跟弟弟话别……这来信太短，让人难以推测。

信之只得问道："大御所大人有没有别的吩咐？"

长坂理右卫门的微笑一如平时，说道："就这些。"

"这样啊……"

"正是。"长坂老人点了点头，含笑凝视信之，温言说道，"您别想复杂了。"

关原之战前后，信之有幸结识了长坂理右卫门。这位老臣的稳重态度和温良言语总会让他重拾平和。

"那时承蒙小野阿通大人款待……"信之壮胆问道，"不知她回到京都没有？"

长坂歪着脑袋，答道："这个……老夫就不清楚了，怕是仍在大坂城吧。"

"唔……"

长坂理右卫门没有谈论真田兄弟的会面，就此告辞。真田信之欲表谢意，赠他时令衣裳和安芸国工匠国弘锻冶的尺余小刀。长坂离去，信之独坐房中。

小松殿进屋问道："大御所大人怎说？"

"大人用此物慰劳我和幸村的会面……"

信之将家康的信和兼房小刀递给妻子。小松殿支开陪来的侍女，待房中仅剩夫妻二人方才摊开信纸。

信之问道："夫人。那确是大御所笔迹无误？"

小松殿凝视信之，断然答道："是。看到这信，妾身便放心了……"

信之和妻子对望一眼，点头道："是啊……"

简短的对话里暗藏着旁人无法揣测的深意，唯有夫妻二人才懂。

和妻子小松殿共度的时光，真田信之毕生难忘。直到妻子撒手人寰，他才醒悟这段时光的重要。小松殿不言不语，却会用眼神说明一切。而信之总是直觉般理解她的意思。这一瞬正是因此才显得弥足珍贵。

"那妾身告辞了……"小松殿低头说道，正要离去，视线忽落到墙边的多宝格上，"咦？"

多宝格上摆着小野阿通所赠的青瓷茶碗。前夜，信之解开刺绣包袱皮，将茶碗捧在手中，百看不厌，细细品味，之后便随手放到了多宝格上。

小松殿极少来信之居所。若是有事，信之自然会去妻子的房间。

"这是……"小松殿忽朝多宝格走去，回望信之，"妾身没见过这茶碗。"

信之避开妻子的目光，含糊道："这个……去京都时……"

"京都？"

"是啊……是慈海大师给的。"

"啊，是慈海大师呀。"

小松殿是德川家老臣本多忠胜之女，自然知道慈海和尚。

"不错，正是慈海大师。"

信之没有向妻子实说。去阿通府邸和幸村相见一事，他早就全盘告知了小松殿。这青瓷茶碗，无疑会唤醒信之对阿通的倾慕之情。

小松殿满腹狐疑，望着低头不语的夫君，继而默默而去，甚至都没有伸手碰那茶碗。她对茶道略知一二，却无太大兴趣。信之亦然。妻子离去后，信之苦坐不动，忽然起身取下多宝格上的茶碗，摆到了眼前。那旁边则放着装有德川家康亲笔信的文箱。

冬寒散去，午后的春日暖阳洒满后院。平淡无奇的院子里，不知何处传来阵阵莺啼。

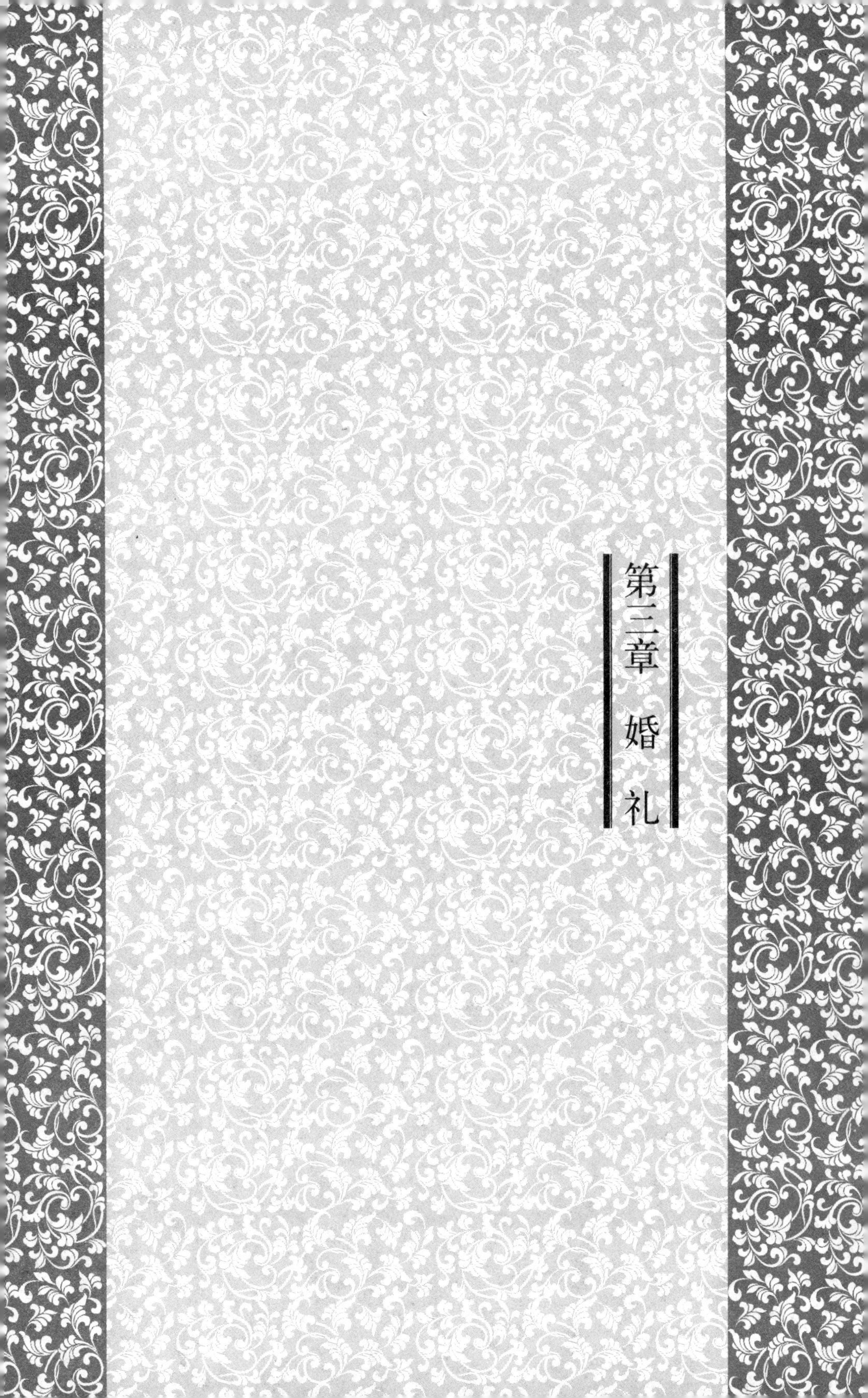

第二章　婚礼

第壹话

长坂理右卫门去真田府邸的次日，将军秀忠之使土井利胜来到
了骏府城。

有资料显示，土井利胜向大御所家康"暗中禀报"许久。

三月五日，京都的板仓胜重派人报来上方地区的最新情况。

"眼下，京、坂一带皆称丰臣家又将背离关东。他们大量囤积
米豆粮饷，又将填平的战壕挖至齐肩深……"

坊间盛传丰臣家又开始招募浪人，但那只是流言。然而，大坂
的浪人战将们确实混进了京都，欲火烧皇城，让京都百姓甚是惊恐，
纷纷举家至近郊避难。

"东南西北一塌糊涂，闹得不可开交。"

板仓胜重的报告如是形容。

是日，萨摩鹿儿岛城主岛津家久（六十万九千石）见战事结束，
提出想去骏府和江户看看。家康命本多正纯持奉书（向家臣下令时
使用的书函）回复称："那就做好行路准备，等待通知。"

大坂的浪人战将没有打赢冬之阵，自然就没有封地和恩赏。

"这样下去，怕是又要流落街头，挨饿受冻。无论胜负，不如放手一搏，跟关东大干一番吧！"

他们自暴自弃般的斗志熊熊燃烧。去年冬天一役，德川家康自知关东大军难以攻进城内，果断议和。因此，浪人战将们都急着备战。

——就算战壕被填、箭楼被毁，只要有志向就足以将关东打得落花流水！

这时，骏府的家康正忙着操办第九子义直的婚礼。

"我近期就要去名古屋，望大家准备妥当。"

德川义直是年十六岁，出任尾张名古屋地区的城主，封地六十一万九千五百余石。他的新娘是纪州的浅野幸长之女，芳龄十四。

幸长尚未离世，大家便谈好了这宗婚事。幸长曾和加藤清正联手谋求丰臣家的安泰，跟太阁秀吉的正室高台院亦有亲缘。高台院是幸长祖父长胜的养女。太阁殁后，德川家康对高台院大加照顾，给了她河内国的一万六千石。这次更让爱子娶了高台院的亲戚——纪州浅野家之女。

家康这些举动，自是要向天下昭示德川家对太阁夫人的好意，以实际行动表明他对太阁殿下和太阁夫人实无半点不敬，只叹大坂的秀赖不知好赖，硬要拆替天皇治理天下的德川幕府的台。

秀赖年幼无知，这"错误"实是来自他身周的大人。总之，清君侧是事出无奈。若不采取行动，天下太平便将遥遥无期……家康正以其行动证明这一点。

有些人直指家康老奸巨猾，但家康自有一番说辞。

“没了太阁的丰臣家，完全可以避免一场大战。”

德川家康对织田信长、丰臣秀吉这两位天下人毕恭毕敬，千依百顺。本能寺之变，织田信长被明智光秀害死，当时唯有中国地方的毛利家坚持对抗信长，但其归顺只是时间问题。明眼人一看便知，信长统一天下指日可待。信长死后，秀吉君临天下。一旦秀吉没了，家康便觉得只有他本人才足以接管天下。他自信满满，亦有十足的实力，手握大权。

一切皆顺理成章。

关原一役之后，若丰臣家像昔日的家康那样顺势而动，自不会落到眼下这般田地。昔日，秀吉攻下了小田原，命家康搬去江户。家康立刻接受，挥别祖祖辈辈用血泪守住的故土，来到偏僻渔村一样的江户，重新筑城，辛苦经营关东的新地盘。这件旧事，天下谁人不知？

按照这种思路，就算家康让丰臣家离开大坂，秀赖和淀君都该欣然从命。否则便难以维持天下的和平。

谋求天下和平，便是德川家康的信念。正因他不想动兵，才肯把孙女千姬嫁给丰臣秀赖。

关原之战后，家康曾感叹自身有如明镜。畏惧、敬爱、憎恨、亲近……不同人看待家康的态度，会被家康这面镜子呈现出不同的光景。同时，这“明镜”又意味着——

“是鬼是佛，全看对方。”

德川家康对背信弃义的敌人似乎辣手无情，但他一直没有夺去真田昌幸、幸村父子的命。何以如此？皆因昌幸的长子信之对家康一片赤诚，又有信之岳父本多忠胜从旁强谏。

第贰话

面对窘境，大坂的淀君向骏府派去了四名女使者。

其中一人正是曾推动冬之阵议和的常高院。此人是淀君胞妹，这次由二位局、大藏卿局（大野治长之母）和正荣尼（渡边内藏助之母）陪同。

女使者团借"庆贺关东、大坂和谈"的名义，抵达骏府。

之前，丰臣秀赖的使者青木一重亦来了骏府。

德川家康满脸堆欢，对使者们说道："一路辛苦了！"

他特别重视常高院，让本多正纯和侧室阿茶局登门给她洗尘。

如前所述，淀君、常高院和将军秀忠的夫人都是织田信长胞妹阿市夫人和浅井长政所生。去年的大坂冬之阵，家康巧妙利用了三姐妹的关系。他让常高院去大坂城劝说姐姐淀君加快议和进程。换言之，一旦战事再开，常高院便是家康的秘密武器。常高院半点都没想到竟会被家康所用。

常高院惦念着大姐、丰臣家和天下太平，好不忙碌。

可惜女人天性乐观，只能看到事物的积极一面，甚是缺乏远见。

这不是故意针对所有的女性，但确实是女性的本性。纵然目睹真相，她们都会闭上眼睛，对"坏事"视若无睹。她们对一切抱有幻想，坚信事态只会见好。

这是女子的优点，亦是女子会坚强面对逆境的根源。

德川家康深谙女子本性，敌我双方的女子皆难逃他之股掌，犹如照着剧本登台。谋略中利用女性，再无人强似德川家康。

三月十五日，丰臣秀赖的使者青木一重抵达骏府城，求见家康。

青木带来了秀赖信函，内容自然是庆贺和平，同时又带来金襕十卷。

家康非常惊叹秀赖那遒劲的字迹。

使者青木本是家康旧臣，出征姊川时曾一举击毙朝仓家猛将真柄直隆，立下显赫战功，哪知后来竟投奔了丰臣家。然而，他一直和家康保持着紧密联系。丰臣家由此觉得他是最合适的使者。结果，青木一见家康便一五一十禀报了大坂城内的情况，末了甚至恳求道："小人此来，实无重回大坂之念。"

"好……"家康欣然颔首，"那就留下来吧。"

"此话当真？"

"当真。"

"谢大人！"

大坂那些人的愚蠢，让青木一重选择了放弃。他希望帮德川幕府办事。

一手备战，一手取悦家康……大坂方面怕是想搞两手准备吧？

青木一重很了解德川家康。如此伎俩，家康公哪会不知？

青木离开不久，淀君的女使者们便到了骏府城。家康笑着欢迎她们。一见家康的笑脸，她们登时放松，根本没洞悉那背后的谋略。

众使者兴高采烈，忽然对家康说道："实不相瞒……"

去年，丰臣家管辖的河内国和摄津国一片大旱，再加上战乱影响，百姓纷纷散去，几无税收。

"城内异常拮据……"使者求道，"望大御所大人开恩……"

猜猜家康如何回答？史料只有四字：不置可否。

"实不相瞒，老夫亦有一事相求……"

大藏卿局登觉不安，不知道家康又会有何要求，却唯有硬着头皮说道："大人直说便是。"

结果，家康称近期要给德川义直举办婚礼，需去名古屋城一行。

"关东女子没见过世面，不大懂得婚礼仪式，希望各位来名古屋帮忙打理一下。"

女使者们一听，悄悄笑了。

家康又道："婚礼之后，老夫便去河内、摄津视察灾情。"

听到这话，众使者更欣喜了。真不愧是家康，哄住她们简直易如反掌。淀君的使者们觉得此行任务圆满完成，便告辞去城下投宿。

十六日，京都板仓胜重的急使抵达骏府，报告有两三百名大坂浪人涌进京都，宣称要火烧皇居。

"京都上下，混乱不堪……"

德川家康立刻让井伊直孝、藤堂高虎、本多忠政和松平忠明率兵去京都东寺附近布阵，一则守卫皇居，一则加强淀地区的治安。

急使们带着家康的指示，奔向四面八方。

十八日，将军秀忠的密使土井利胜又来骏府跟家康密谈甚久。

第叁话

京都真田府邸的铃木右近用密函告知信之，京都一带情势甚危，只怕幕府会加强警备，继而影响到使用密函。以后当挑选值得信赖之人，把口信直接禀告给江户的伊豆守信之。

信之读完右近的密函，突然呆住。

（坏了！我竟然给忘了！）

铃木右近的婚事！

右近自称染指了伏见真田府邸的马冢喜右卫门之女阿珠。那姑娘比他年轻二十四岁。

"我想迎娶阿珠，万望主公成全。"

右近如此恳求信之。

信之如被雷劈，只好答道："你喜欢就行。"

右近本无举办婚事之意，信之却拍着胸脯说道："这得给你好好庆祝一下才行。我回沼田之前，给你们把婚事办妥，就这样吧。"

结果，他将这事忘得一干二净，就那样回了江户。

信之离开京都时，铃木右近愣是没提"婚事"二字。真田信之从不把铃木右近忠重当成一般家臣。这两人情同手足。他会忘了此事，皆因满脑子想着小野阿通……

回到江户后，他亦未将此事告知自沼田而来的妻子小松殿。

"好生歇息去吧。"

让右近的密使退下之后，信之将小松殿唤来房中，将密函拿给她看。

"夫人，你瞧瞧吧。"

"无妨？"

"不看不行。我出不了江户，只好麻烦你回沼田了。"

信之没让两个儿子（河内守信吉、内记信政）回到江户府邸，而是让两人直接率部队回了沼田，由随行出征的重臣替儿子来江户禀报相关事宜。

反复研读铃木右近的密函之后，信之确信战事将会重开。那便意味着真田部队将再次奔赴大坂。

小松殿是本多平八郎忠胜之女。德川家康让老臣忠胜和真田信之有了裙带关系，就此赢得了信之的支持。因此，小松殿算是带着使命下嫁真田家的。

"我这就回去，"小松殿看完右近密函，立刻说道，"您再忍耐片刻。"

"唉……"信之一脸痛苦的表情，说道，"我有件事一直忘了告诉你。"

"敢问何事？"

"右近忠重的婚事。"

小松殿瞪大双眼，惊道："真的？"

"千真万确。他跟伏见府邸的马冢喜右卫门之女……求我成全呢。"

"嘻嘻……"

"这混账东西，那姑娘都能当他女儿了。"

小松殿笑了一阵，问道："为何不早些告诉我呀？"

"真不是有意瞒你，实是被我忘了。"

信之几时变得如此健忘了？小松殿难以置信。

小松殿说道："那就由我想想办法，总要给人家送些贺礼嘛……"

——待"天下太平"之后，再给右近和阿珠办一番热热闹闹的婚礼。

"大人意下如何？"

"此事全靠夫人出手。"

"臣妾知道啦。"

而后，信之给右近拟了封信，就忘了右近和阿珠之事郑重道歉。信之暗暗立誓，一旦天下太平，便要将右近召回身边。信之的信中自称跟小松殿商议好了，待右近回到沼田再由信之亲自主婚。

拟罢，信之不觉苦笑着叹道："想不到我竟会如此大意……"

那苦笑，忽然僵住了。

（糟了……）

战事再开，势不可当。细细分析右近的密函，和平的最后一缕希望实是荡然无存。

（只怕难逃一死……）

何人？

自是弟弟幸村和侄儿大助。

第肆话

又有谁看不出"大御所和将军会再次挥兵攻打大坂"之势？

安芸国广岛城主福岛正则一直没有离开江户的福岛府邸。正则得知冬之阵的双方握手言和，便向幕府申请回到封地，怎奈一直不见答复。

将军秀忠才回江户不久，正则不敢再三追问，唯有惦念着早些回去。

去年冬之阵时，福岛家的重臣分成两派。

"当去大坂城向丰臣家报恩！"

"不，该助关东幕府一臂之力！"

当主正则本该作出抉择，哪知竟如"人质"般被困在江户，动弹不得，眼睁睁看着家中两派争执不休。结果，家老尾关石见更胜一筹，说服大家不去大坂。

然而……

跟尾关持对立意见的老臣福岛丹波之子长门，竟擅自率十余名家臣坐船逃离广岛，去了大坂。

"就算父亲的意见被大家否决，我都要孤身去大坂报恩！"

长门决意坚定，不可动摇。

一行人登陆住吉之际，不幸被东军的藤堂部队包围，悉数阵亡。

幕府没有就此质问福岛家的当主正则，而是直接质问广岛的福岛家。

"此事该如何解释？"

幕府显然无视了正则。福岛家的一班重臣愁眉不展。

福岛丹波无奈之下，只得答道："长门确系我子，但我早将他逐出家门，故此事跟广岛无关。"

除此再无良策。

幕府听罢，没有任何责罚，只随口报以一句："知道了。"

福岛家忐忑不安，一头雾水，不信幕府竟如此大度，反而更担忧了。

因之，江户的福岛正则不敢轻举妄动，无法再三重申告辞回家之事。

（万不可再有失态……）

正则情绪低落，反复盘算着这情况该如何解决。这时，广岛的一名密使来到了江户府邸。密使名唤原孙四郎，打扮成浪人模样。

派他来报信之人，正是正则的族人——福岛丹波。

福岛丹波确信近期便将重开战端，届时……

"只要主公点头，我便亲自率兵去支持大坂。"

他甚至都想好了妥善的进城办法，以求不重演儿子长门的失败。

"具体的……"

密使原孙四郎正要开口，福岛正则立刻挥手打断。

“不可。”

“主公？”

“一切都晚了。”

“主公何出此言？”

“就算丹波想出进城的奇策，亦是没有用了。”

“但……”

“晚了，晚了啊！”正则低下浮肿发青的脸庞，几乎是带着哭腔叹道，“只要……只要那母亲一日不离开大坂城，一切就都是徒劳。”

他口中的那位“母亲”自然就是淀君。

“孙四郎，你听说那荒唐的议和条约了吧？”

“是的。”

“秀赖公其实不想议和。”

“是。”

“回广岛告诉丹波，只要有那淀君和那群不懂战事的家臣，一切就是徒劳。”

正则的绝望，让原孙四郎目瞪口呆。

“一旦战事再开，大坂城难撑七日。这就犹如被绑住手足而且一丝不挂的女子被丢到一群如狼似虎的男子面前，你想那女子如何反抗得了？孙四郎，你回城将老夫的话一字字告诉丹波吧，有劳你了。”

正则语毕，原孙四郎无言以对。

“老夫唯恐丹波会坐不住，几番申请回去，但幕府就是不准。务要告诉丹波，行事前需要深思熟虑……”

原孙四郎无可奈何，只得回到广岛。

京都、大坂一带的混乱日甚。丰臣家根本无法控制那些浪人。

“我等要自行跟关东开战！”

众人都忙着战备。

见状，家康派使者去了大坂城，问道：“好不容易握手罢兵，何又焦急备战？”

实情如此，丰臣家无法公然撒谎搪塞。

“简直不知天高地厚！”

德川家康勃然大怒，派人告诉丰臣家——

若真想保持天下太平，就立刻遣散那些浪人！

另附最后通牒：“丰臣家要离开大坂，另择封地。”

家康命人试射骏河国安倍郡加护鼻铸造的石火矢，而且公布了新的军赋。按照旧军赋，一万石封地需派百柄长枪随军出阵。新军赋则称：“一万石需出二百人，其中长枪五十柄，铁炮二十挺。”

使者每日自骏河、江户出发，奔向各地。

大御所家康公布，下月（四月）二日将离开骏府，前往尾张的名古屋地区。

表面原因如前所述，是要出席德川义直的婚礼，但谁会相信理由如此简单？就算他真是要给义直完婚……

又有谁看不出“大御所和将军会再次挥兵攻打大坂”之势？

家康又借将军秀忠之口，吩咐近畿地区的各位大名：“从去年至开春，封地中若有人去了大坂城，务要报上其姓名、住址。”

那些人一旦回来，不管男女老幼，一律拿下再说！

诸大名不得不再次出征，着实不堪重负。刚从战场回来，眼看着又要出征。人力固不用说，一来一去的费用更不是小数目，甚至有人经本多正纯向幕府求情。

然而，德川家康断然拒绝。

四月一日，将军秀忠公布本月九日至十一日间择日上洛。

德川家的将士们早就去了近江濑田地区，以跟去年进攻大坂的将士会合。

新军赋明言一万石供三百口粮草，粮饷以银币支付，各家当主皆需征集壮丁。这无疑是德川家的动员令。

本多忠政、松平忠明率武装部队以"守护皇居"的名目进京，布下阵所。

战事阴云渐近，京都的百姓异常惶恐。

"只怕京都这次都难逃战火了。"

"得赶紧跑掉才是！"

众人纷纷将家当装上板车，去郊野甚至远方避难。而大坂的商人和工匠们则继承去年冬天的经验，继续大发战争横财。

经草者带路，真田幸村的妻女顺利藏进了高野山的莲华定院。

第伍话

元和元年四月四日，大御所德川家康离开骏府，准备出席儿子义直的婚礼。

随行者包括本多正纯、保坂金右卫门、旗奉行庄田安信、枪奉行大久保彦左卫门和一众旗本，浩浩荡荡三千人。

临行时，家康公布了新军令。

其一，不得出现争论口角。无论是非，双方一律重罚。

其二，不得急功近利。欲求功名而无视军令者，重罚。

其三，先锋派斥候侦察之前，需先禀报。

（从略）

方方面面都规定到了，很是细致。

冬之阵结束后，各大名歇了不足半年便又匆忙出阵。

（又来了……）

虽有不满，但谁敢不去？德川幕府的威势根本无法动摇。

一部分大名资金不足，唯有向家康借款出征。谁让家康是天下第一富豪呢。

《东照宫御实纪》有云："世人不知家康公天性勤俭，甚者更坚信家康公一毛不拔，一心敛财。家康公听闻……库中金银充足，便是世间金银不足之证。如此一来，世人便会慎用金银，物价自然低下。若世间金银横行，物价自当暴涨，世人难免言苦……"

由此可见，德川家康确实富可敌国。

有一则当时的史料，称小幡勘兵卫景宪脱离大坂，向防守伏见城的松平定胜报告了大坂城中状况。

这个小幡勘兵卫景宪，便是昔日的武田家家臣小幡昌盛之子，素以甲州流的兵学闻名。武田家灭亡后，他投奔了德川家康。但是，按照故去的草者壶谷又五郎的说法，这个勘兵卫之父就是武田忍者的负责人。

史料显示，文禄四年时，德川家家臣小幡勘兵卫突然离去，成了流浪之身，哪知关原之战时又突然现身德川家井伊直政的部队，立下战功。大坂冬之阵打响时，他是东军前田利常部队的一员。冬之阵罢兵后，他被大野治房（治长之弟）招进了大坂城，许是想从他那里打探关东的机密吧。

当然，不排除勘兵卫主动接近治房的可能。

总之呢，这个小幡勘兵卫景宪就是德川家康的直属间谍，这一点确凿无疑。

后年，此人出仕德川幕府，享有一千五百石的俸禄，九十二岁寿终正寝。

刚刚说到了大野治房……事实上，大坂城内正有一宗疑似跟治房有关的异变。

四月九日，德川家康一行抵达冈崎。当夜，大野治长总算离开整整待了一天的本丸御殿。

这几天来，会议不断。大野治长明白只剩下"开战"这一条路了。

然而，冬之阵时的大坂城跟现下的大坂城截然不同。战壕悉数被填，箭楼、围墙等城防设施皆被关东摧毁。不管有没有战阵经验，只要看看大坂城这个样子，就知道守不住了。

无法守城，就唯有主动出击，跟来势汹汹的关东大军死磕到底。

然而，该如何打赢？诸将意见不一，难有共识。

幸喜丰臣秀赖的意志坚如磐石。年轻的他，不惧死亡。

"誓不让出大坂，誓不向关东投降！当全力以赴，冒死一争，倘若输了，含笑逝去便是。"

只要跟象征亡父太阁秀吉的大坂城一同毁灭，死都瞑目——他曾将这一想法告诉大野治长。这不啻是暗示治长："尔等办事时亦该有我这番意志……"

秀赖的决意，大野治长自然懂得。但是，他坚持寻求着让大坂城和丰臣家得以存续的方法，以致彷徨无措。

他曾几番派使者揣摩德川家康的意图，不惜用种种手段取悦家康，却半点摸不到家康的念头。家康总会微笑接待使者，一转身却又有条不紊准备开战。

适才，家康下了最后通牒，让丰臣家离开大坂。

这条通牒大大强化了丰臣秀赖的战意。丰臣家再次开会讨论抵挡关东大军的战略，而真田幸村、后藤基次几乎不言不语。

大野治长盼着诸将提出意见，以求一缕希望之光。

"大人意下如何？"

纵有人问到真田幸村，他亦只报以苦笑，不肯开口回答。开口如何？表态又如何？反正都是些徒劳之举。这一点，幸村早就想明白了。

这是他从冬之阵获取的经验。

家康刚离开骏府时，幸村曾献计抓住这个机会奇袭伏见城，控制京都。

然而，大野治长和淀君哪里有胆量执行如此果敢的战术？家康当时尚未给出最后的通牒，若是贸然出击，反会落下话柄。

譬如——好不容易才握手罢兵，何苦又急着开战？

急着开战之人，明明是德川家康。怎奈丰臣家对此熟视无睹。虽有察觉，却抱有一丝侥幸。他们不想触怒大御所，只盼着息事宁人。当家康给出最后通牒之时，京都和伏见城早都固若金汤了。

真田幸村故而选择了沉默。

（唯一的对策，就是左卫门佐的那个办法……）

后藤基次同样明白情况，现下是半点胜算都没有了。

冬之阵时留下的伤势尚未痊愈。

（只怕这一下就归天了……）

后藤基次萌了死志，不屑开口。

第陆话

是夜，大野治长离开本丸御殿，自樱门出了本丸。

樱门有个小侧门。治长一出侧门，竟遭刺客袭击。

不知那刺客藏身哪里。许是樱门屋顶，许是石垣之上。只知他突然自黑暗扑出，自大野治长头顶落下。

"哎呀……"

治长被刺客按住。刺客一个倒跃，不由分说，挥刀便砍。此人以黑布蒙面，身份不明。大野治长右肩中了一刀，伤口极深。

"啊……"

治长一痛，登时倒下。一旁的家臣平山内匠慌忙跑来搀扶。

"嘿！"

只见那刺客又对着大野治长的胸口下方一捅。

此时，比治长晚些出来的家臣冈山久右卫门狂奔而至，大喊道："有刺客！"

刺客仓皇逃窜。

"追！"

大野治长对平山内匠喊道。平山和冈山追上刺客，立刻将之斩杀。掀开蒙脸布一看，方知此人竟是治长之弟治房的陪臣——家臣成田勘兵卫之家臣，名唤今仓孙三郎。

史料称："刺客实系治长之弟治房的部下，惹出轩然大波。"

不这样才怪。自冬之阵以来，治长、治房两兄弟意见不一，矛盾重重。

"治长这个胆小鬼！"

大野治房曾公开鄙夷兄长。

莫非他是把软弱求和的兄长当成开战的绊脚石，故指使部下将之暗杀？城内一片哗然。

当事人大野治房坚称对此全不知情。调查的矛头由此指向刺客今仓孙三郎之主——成田勘兵卫。不料衙役未到，勘兵卫便切腹自杀。调查就此中断。

同一时期，淀君叔父织田有乐斋（长益）深感再留下亦是徒劳，毅然离开了大坂城。有乐斋是织田信长最小的弟弟，跟德川家康相交甚欢，一直苦苦维持大坂和关东的和平。

（眼下真不该跟关东翻脸。留得青山在，不怕没柴烧。家门存续是头等大事，就算搬出大坂城又有何妨？）

冬之阵期间，他一直担任东西双方的中间人。无奈众人皆不理解他的辛苦，反而把他当成了关东间谍。不管他如何忍辱负重，总归有个极限。

（没救了……）

他毅然舍弃了丰臣家，舍弃了侄女淀君母子。

　　暗杀大野治长之事出来不久，以治房食客身份来到大坂城的小幡勘兵卫景宪便没了影子。

　　"莫非这家伙暗中勾结关东？"

　　"话说回来，有没有觉得那人很可疑……"

　　流言纷纷，甚至又把后藤基次和真田幸村卷进去了。如此一来，会议更讨论不出结果了。基次和幸村的沉默不是没有道理。正如草者阿江昔日之言，大坂城早就成了关东间谍的巢穴。

　　四月十日，将军德川秀忠的队伍——不，是部队——离开了江户城。

　　其中自然又有泷川三九郎的身影。跟冬之阵时一样，他又当上了大御所家康的使番。

　　十三日，将军抵达三岛地区，德川家康则来到了尾张的名古屋。

　　史录称："大御所就义直卿昨日的婚仪表示祝贺。"

　　就是说，家康尚未抵达，德川义直的婚礼就结束了！家康此来，本是要出席儿子义直的婚礼……莫非他竟是暗中指示义直早早完婚，不要等他抵达？

　　来到名古屋的家康接见了织田有乐斋父子。这对父子离开了大坂城，来此等待跟家康碰面，以便一一禀报大坂城的情况。

　　如此的形势之下，织田有乐斋要想活命，就唯有公开投奔关东。

　　大家都说有乐斋是个背义小人，本作者却觉得他真是很照顾淀君和秀赖，尽心尽力。

　　十四日，将军秀忠抵达骏河国清水地区。

　　十五日天降大雨，但将军坚持行军。德川家康则离开名古屋，去了桑名。

当天，将军秀忠派渡边半四郎宗纲去见父亲家康，强烈要求家康跟他会合之后再开始攻城。秀忠担忧七旬的老父，同时亦想担任这一仗的先锋。

家康不禁苦笑道："你回去告诉御所，他老爹办事自然是有分寸的。但是，若敌军主动出击，那就别怪我喽。"

家康和秀忠似乎都很顾虑真田幸村、后藤基次这些浪人战将，唯恐他们会率军突袭。

德川家康来到近江的水口地区时，将军使者成濑正武追了上来，说道："二十二三日时当顺利会师。此番战事，望大御所大人任命将军打头阵。"

将军秀忠念念不忘关原一役时背负的污名。

第四章　大坂夏之阵

第壹话

四月十八日，大御所德川家康来到京都，一众公家纷纷陪着天皇敕使到山科地区相迎。得知家康一行进京，市民们都来看热闹。

"关东的军队又来了……"

然而，眼前的景象让人们大吃一惊。家康一行几乎不着武装。

"咦？这……"

"莫非……不是来打仗的？"

"太好了！"

有人甚至接回了逃到近郊避难的家人。

见家康安然出现，慈海和尚返回京都忍宿。该忍宿继续由迫小四郎看守。

"目前一切顺利……"

想想之前真田幸村、后藤基次、木村重成等人的英勇战绩，慈海紧张万分，唯恐大坂方面会突袭全无武装的大御所队伍。

天知道那群人的鬼算盘。

由慈海和尚指挥的甲贺、伊贺忍者兵分两路，一部分先来京都探察情况，另一部分则沿途陪同。然而，一路上没有半点异样。甲贺头领伴长信率关东忍者至京、坂一带警戒。丰臣家似乎没有袭击家康之势，只有一些浪人战将不断出没。

家康和秀忠东归之后，真田幸村曾派出数名草者刺探情报，而且再三提议偷袭家康。不幸的是，无一人支持。包括后藤又兵卫基次都是沉默不语。

甚至有战将对幸村指指点点，称幸村嘴上说得好听，实则早有预谋，不知何时便会出手帮助关东。

淀君和大野治长等人犹不肯舍弃对和平的希望。因之，幸村再未提出意见。

话说回来，最不显山不露水的，当数德川家康。他一进二条城，便派家臣大野壹岐守去了大坂城。此举何意？竟是探望遇刺负伤的大野治长。

家康此番上洛明明是要再度兴兵，缘何竟有此举？

会有如此疑惑，亦是人之常情。大野治长和淀君都如坠雾中。

（这……）

这便中了家康的计。

先前派去骏府的女使者团（常高院和二位局、大藏卿局等）亦随家康上洛，暂居二条城中。

如此一来，会议更难有一致意见。

真田幸村向阿江叹道：“没话说了……”

阿江曾劝幸村暗杀淀君，但此时再杀淀君一人又有何益？

眼前只剩下“暗杀家康”这一条路了。

幸村闻言，情绪竟有些失控，大喊道："你难道不懂？阿江，我要是想搞这种小花招，我早就搞了！关东幕府如日中天，杀家康一人哪里有用。"

阿江甚是沮丧，垂头道："是……"

幸村咬了咬牙，又道："我只想让天下人看到祖父、父亲留下的真田兵法！"

谋略和暗杀有用的日子，早成往昔。幸村希望草者堂堂正正出阵，大放异彩。若是不满的话——

"你大可离我而去。"

阿江泪如雨下。向井佐平次、佐助父子皆不曾目睹阿江流泪。恐怕壶谷又五郎都不曾见到吧。

哭成泪人的阿江，幸村亦是第一次见。

幸村有些惊呆了，凝视着哭个不停的阿江，说道："罢了，别哭了。"

他踏上走廊，喃喃道："我知道……我知道……"

话音里有些怒意，又带着一丝无奈。

第贰话

关东方面的部队陆续集结。

常高院一行去骏河见家康时，讲了丰臣家管辖的河内、摄津碰上天灾之窘。

当时，家康答称他上洛会亲自去两地看看。这成了他亲自上洛的借口。

关东部队的数量日增，不亚冬之阵时。

战火再燃，其势分明。哪知丰臣家竟又派使者去二条城求见家康，询问摄津、河内之事该如何安排。

将军秀忠本拟当月二十三四日抵达伏见城，结果二十一日傍晚便到了。他这次忍不住又上演了冬之阵时的急行军，带着一小队随从，甚至将先锋部队都丢到后面。

家康自然不悦，说道："御所竟如此糊涂！全然不顾关东和奥州的那些大名……如此轻率之举，成何体统！把我跟他的会面推后三日！"

本多正纯好容易才平息了家康的怒火。

二十二日，将军秀忠自伏见去了二条城，跟家康碰头。

德川家康精神百倍，其风头完全盖住了将军秀忠。

家康见秀忠来了，笑道："二十八日，我们联手攻向大坂！"

甲贺、越前和奥羽地区的部队都耽搁了些行程，所以东军唯有等个四五天再继续行动。

家康的攻城大计需要一击奏效，不容大坂方面有任何喘息时机。大坂城的战壕皆被填平，形如裸城，当再无招架之力。大坂方面对此自然有数，恐怕会派大半兵力出城野战。野战，正是家康之长。当年的关原之战，只一日便决了胜负。

家康放出话称，此番大战一两天内同样会有个结果。

"此次无须大费周章，带上三天的粮草足矣。给我备五升米、干鲷一枚、味噌、鲣鱼干和一点调料就行了。"

不光家康，关东诸将都觉得这一仗撑死打三天。

四月二十四日，家康让常高院、二位局、大藏卿局她们回到了大坂城。女使者们惊慌失措，把家康的话带给了秀赖和淀君。

"去年，大坂一带兵荒马乱，河内、摄津两州农民四散，税收捉襟见肘，老夫曾命丰臣家妥善料理此事……议和誓文一旦交换，大坂方面本该遣散城中的浪人才是，然尔等非但不做，反倒又征募凶徒，加紧备战，弄得无人不知，无人不晓。长此以往，世间安得太平？不如就此离开贫困的河内、摄津两州，搬到大和国吧，如何？"

说完这些，家康又道："丰臣家若肯搬到大和郡山城，老夫便用六七年的时间将大坂城的战壕和其余设施恢复。"

事态弄成这样，就算丰臣家委屈接受条件，家康亦会用别的手段将之消灭。

家康亦有家康的说辞。

"关原一役以来，老夫卧薪尝胆……"

"六七年后，将大坂城完璧归赵"——事情哪里会如此简单？

淀君和大野治长的最后一丝希望，就此破灭。

听闻德川家康的提议——不，该说是命令才对吧——丰臣家立刻召集诸将。

家康的回复无异通牒。然而，家康后来又派使者探望了大野治长，而且一路带来了常高院她们。淀君、大野治长看到这些，又重燃了些许希望。

（莫非尚有和解的机会？）

哪知女使者团带回的竟是最后通牒。

"若大坂接受关东要求，主动离去，数年后便将大坂城完璧归赵。"

——明眼人一看便知。若是首肯，便表明秀赖自甘被家康玩弄。

彻彻底底没办法了。

丰臣家的家臣里面，有些人觉得现下最好听从家康的安排，保住家名。无奈秀赖听不进去。

淀君虽坚持出席会议，却不再像冬之阵时那般频频插嘴。她脸色铁青，面部和四肢浮肿，双手不时抽搐。她总是不安地眨眼，跟一旁的大野治长耳语。

大野治长伤势颇重，需要靠身后的两名家臣扶着行动。

会议结束，丰臣秀赖的决断是——

"倘若听任关东摆布，贻笑大方，不如放手一搏！"

丰臣家派伊东长次出使二条城，替秀赖言道："大坂城系亡父太阁穷数载光阴所筑，秀赖不敢有离城之念，更不会遣散新来的浪人战将。此事若不合御所、大御所的旨意，秀赖深感无奈，只好跟贵方的军队一决胜负。有胆量就杀来吧！"

大意便是如此。

丰臣家派大野治房率军前往大和，放火烧了郡山城。郡山城当时只有筒井正次的些许兵力，自然挡不住大坂大军，故唯有仓皇逃窜。

同日，关东方面的九鬼守隆部队扣押了三艘想要驶进大坂湾的小船，船上载有大坂城所需要的大米和大豆。冬之阵时，大坂方面军船的全军覆没，以致大坂湾一带海面皆被九鬼守隆（志摩国鸟羽地区，三万石）等人的水军控制。

大坂城无法从海面补给粮草。

德川家康打算沿用冬之阵的战术，分兵从大和、河内杀向大坂。

大坂城没了战壕，却没有失去地理优势。城北是一条大河——天满川，东面则是猫间川、平野川，西面的横堀几乎挨着大海。

主攻城南自是上策。而且，城南没有了总构战壕，更没有了真田丸。

德川家康坚信战争拼的就是胆量。

"关键时刻，老夫便要跟秀赖拼死一搏，到时候全看谁的胆魄更胜一筹！"

家康目光炯炯，吩咐这次出阵不要给他预备铠甲和头盔。

一旁的藤堂高虎吓了一跳，立刻劝道："主公，万万使不得啊！"

见状，家康长笑道："对付竖子，何需铠甲、头盔？"

此言固然是要激励东军的士兵。但是，看到年迈的大御所竟有如此豪情，人人皆难免惊叹。

事后，家康苦笑着对两三名贴身侍臣讲明了真相。

“唉，人一老，这肚子就凸出来喽。倘若穿上盔甲，上下马就不方便了。”

闲话就此打住。

高龄七十有四的大御所德川家康决意亲赴前线，指挥战争。反观大坂方面的总帅丰臣秀赖……

美男秀赖身着军装阅兵。见到他那英勇的身姿，将士们纷纷惊呼。然而，那只是见到一个名优扮成总帅时的惊呼罢了。秀赖的才华和秉性暂且不论，他从未接触兵刃，更不曾持长枪上阵杀敌。他自幼就被幸福笼罩。

“无妨，”真田幸村道，“英姿飒爽的总帅只要来到战阵，就足以振奋全军。”

第叁话

德川家康让部队从大和、河内分头前进，至道明寺一带汇合，以便总攻大坂。大坂城没了战壕，形同裸城。就算东军主帅不是家康，都会使用这一策略。

大坂方面自然猜到了关东的战术。眼看着又要交兵，城中会议不断。这一次没办法守城，到底该如何是好？自然是出城迎击敌人。

那……该去哪里迎击呢？

开始讨论这个问题之前，不管谁来询问意见，幸村都闭口不言，直到此际才开了金口。

——德川家康、秀忠父子的关东大军来到大坂城近郊布阵完毕之前，最好别轻易出击。

换言之，要待双方全军就位之后，从正面迎击。这样一来，只怕当天便会决出胜负。这一如关原之战，不是攻城、守城的问题，而是赌上一切，一举定乾坤。

这正是野战的精髓。然而，没人听得进幸村的意见。

不，只有一个人表示赞同。

只有毛利胜永说道："真田大人此言极是！"

会议结束，幸村的意见没被采纳。

关原一役，胜永支持西军，布阵南宫山一带。当时，丰臣家大老毛利辉元的养子秀元带着安国寺惠琼、吉川广家等人，率三万兵力扎营南宫山；毛利胜永则率一小支部队待命山脚。西军总帅石田三成本拟将家康的东军引进关原，再让南宫山盟军突然下山来个前后夹击，哪知他几次派使者去催毛利秀元出兵，秀元竟是按兵不动。秀元的副手兼叔父吉川广家暗中勾结德川家康，坚持让毛利家按兵旁观，致使南宫山的西军部队错失战机。南宫山的西军部队全由毛利秀元主导，胜永只得干听着关原士兵们的呼喝，无法临阵杀敌。全军就这样茫然听到战争的结果，胜永委实遗憾之至。

对了，胜永虽然姓"毛利"氏，却跟虎踞中国地方的毛利家无关。

只见毛利胜永回想着关原之事，强烈建议道："当集结全军力量出击，否则绝无胜算。"

怎奈丰臣家无人理睬。大坂方面的兵力不占优势，上策自然是抓住对方各部队行动之际各个击破。如此便可一挫敌军战意。这之后再行决战，想来当有绝佳效果。这战术看似莽撞，实则不然。

背靠裸城，待决战之日赌上一切……

真田幸村明白丰臣家对这种事情的畏惧。

此话怎讲？大野治长兄弟和木村重成都不怕死亡，他们怕的只是丰臣家灭亡，所以才想去离大坂城远些的地方和敌军交锋，以抓住关东部队尚未集结完毕的时机，将之拦得远些。

他们对丰臣家一片赤诚，自然而然就会萌生这种念头。

后藤又兵卫基次保持着沉默。幸村以直觉感知——

（后藤大人怕是放弃了一切希望，但求一死。）

丰臣家无意接纳幸村的提议。见状，幸村跟基次一样沉默了。光靠毛利胜永一人支持，又有何用？但是，幸村由此明白了一件事情。

（会跟我联手行动的人，只有毛利大人。）

果然。会议确认由幸村、基次自大和口出击时，胜永主动提出要去大和口帮忙，而且得到批准。河内口则由长宗我部元亲和木村重成率一万余人出击。

说是由大河口、河内口两路出击，其实就是想跟二十万关东大军抢个先手。出击的大坂兵力，竟然不足两万。凭这点儿人，如何挡得二十万关东大军？

丰臣家留下了六万兵力，以备日后之需。但是，他们哪里有那些战机？本就是东拼西凑的杂牌军，一旦不顾劣势分散出击，便会损失宝贵兵力，抹杀胜算，反而不如将全部兵力投到"仅有一次的决战"之中。

真田幸村只求布置妥当，放手一搏。西军的总帅若是真田幸村，要拿下大御所、御所父子的脑袋当不是痴人说梦。

这梦，正是幸村之梦。

梦，彻底消殒。

想当年，幸村和父亲、兄长坚守上田，迎击德川部队，将部队指挥得如手足一般灵活，怎奈此时难比往日。

冬之阵中，幸村以"真田丸"开了敌我双方的眼界，让众人瞠目结舌，立下赫赫战功。纵然如此，大坂城里都有人怀疑幸村是关东的奸细。双方和谈之后，幸村几番去了敌方的沼田真田家阵所，此事众人皆知；而德川幕府的真田隐岐守（幸村叔父）亦进城登门会见幸村。

按说当时都罢兵了，亲人见个面又有何妨？无奈人言可畏。

"真田幸村果然可疑……"

万幸无人知晓真田兄弟去京都的小野阿通府邸密谈一事。

话说回来，被怀疑的何止幸村一人，尚包括后藤又兵卫基次。

"这家伙显然跟关东有联系……"

"当真可疑……"

一传十，十传百。

议和之后，德川家康确曾再三派家臣求见基次，问他想不想出仕幕府。后藤基次悉数拒绝，说道："你们不用再来了。"

家康深知基次意志之坚，却不懈派人游说。此举自是有意制造流言。实际上，被家康派人游说的战将不光是真田、后藤两人，简直一抓一把。后藤基次之所以保持沉默，但求一死，大概便是对那些杂牌战将断了念想。

没有人比真田幸村更懂得基次的感受。

"真是场怪仗。"

散会后，幸村尚未回到二丸府邸，半路上便跟向井佐平次如此抱怨。

佐平次答道："那我真是上了艘贼船啊……"

"贼船？你说的莫非是我？"

"不错。"

幸村不觉苦笑，说道："这倒真是直言不讳。"

佐平次淡然自若。

第肆话

四月二十八日，和歌山城的但马守浅野长晟率五千精兵出动。

大坂城的大野治房亲自带兵出城迎击。大野治长曾劝弟弟先开会商讨一下，怎奈治房完全不理会他。城内不光有真田、后藤的流言。如前所述，大家都觉得派刺客暗杀治长的正是其弟治房。

治长伤势极重，强忍着伤痛出席会议，之后便回房卧床去了。

大野治房跟友人塙团右卫门直之商量道："我打算迎击浅野，如何？"

塙团右卫门斗志昂扬，说道："好！那就打他个痛快！"

这个塙直之曾是加藤嘉明的家臣，关原之战后离开主家。理由跟后藤基次一样——和主公加藤嘉明不和。塙直之本是加藤家的铁炮大将，身居高位。当了浪人后，小早川秀秋、松平忠吉、福岛正则都曾向他伸出橄榄枝，纷纷说道："不如来我家吧？"然而，旧主加藤嘉明阴魂不散，几番坏了他的好事，以致他总是寻不到好主家，跟后藤基次如出一辙。

正是此际，大坂和关东翻脸了。塙直之深知机不可失，立刻来到了大坂城。

冬之阵时，他曾夜袭东军的蜂须贺部队，然而丰臣家内部对他的风评不佳。大野治房亦然。这两人同病相怜，结果成了好友。

两人爱逞英雄，真田幸村等战将却觉得他们办事就跟幼童一样。

总之，大野和塙率军去迎击浅野家了，兵力号称二万甚至四万，实则五千。

迎击部队取道堺地区，自府中往南奔向贝冢。浅野家的斥候探到了敌军动向，报知长晟。长晟暗想这一带地势不利，索性将全军撤回樫井，以逸待劳。

二十九日凌晨，塙团右卫门和冈部则纲欲抢先立功，开始猛攻缓缓退后的浅野部队，结果就这样落进了对方圈套。当时，大野治房的大部队犹未跟上。两人被浅野部队铁炮队狠狠反攻，半点招架之力都没。

冈部挨了枪子，惊慌撤退；塙团右卫门的大腿则中了一箭，跌下马来。

"杀啊！"

落马之后，塙依旧挥舞长枪，奋勇杀敌，直至阵亡。

笔者儿时见到的有关大坂战役的故事、戏曲和影视之中，常常会出现后藤又兵卫、塙团右卫门、岩见重太郎（薄田兼相）的英姿。其实这些人里只有后藤又兵卫基次是真正的杰出战将。然而，基次又不如幸村。

见大坂方面的先锋部队全军覆没，浅野长晟笑道："不错，我们先回和歌山城吧，看看幕府有无新的指示。"

因之，当大野治房的大部队现身之际，早就是尸横遍野，惨不忍睹。塙团右卫门亦未幸免。

冬之阵时，丰臣家背靠天下第一名城，不用拉长战线，指令可以确切传到各个部队，就算出了差错，亦会立刻察觉，早早整顿态势。此际一旦出城，便无法再那样得心应手。联络总是出错，急着立功的战将自说自话，擅自出击，后续的大部队则茫然不知。皆因大坂战将是东拼西凑的浪人，难以联手行动。倘若这些人懂得真田幸村、后藤基次，肯跟这两人合作，便不会有流言漫天的情况。

敌军退回和歌山城，大野治房束手无策，只得率部队撤回大坂。听闻此事，真田幸村一时愕然，难以置评。

阿江对向井佐助喃喃道："长此以往，恐怕……"

这时，关东大军的先锋部队（井伊、藤堂）离开京都，徐徐瞄向大坂。德川家康坐镇二条城，仔细指示从全国各地集结来的部队。使者纷纷奔行，挥汗如雨。

时值初夏。四月二十九日，将军秀忠从伏见城来到二条城跟父亲家康密谈。那算算当是现下的五月二十六日。元和元年五月一日，集结完毕的诸大名分头来到伏见城和二条城，领了军令。

"后日——五月三日，进军大坂！"

哪知次日便将行动给延期了。何以如此？只因大坂浪人混进京都，见关东部队大有进攻之势，便欲放火烧毁京都。关东收到消息，不得不临时变更计划。

一个流言总是会带来一大串流言。家康、秀忠父子不免有些顾虑。

第伍话

　　和歌山的浅野部队大破大野、塙联合部队的数日之前……

　　深夜，草者阿忆疯狂索取向井佐助的爱抚。四十出头的阿忆真不愧是女忍者，其肉体和普通女子不可同日而语。

　　佐助只觉得她肌肤紧致，肢体的柔软度更是一如既往。

　　十六年前的真田庄小屋，十五岁少年向井佐助经由阿忆的爱抚，变成了真正的男人。当年的小屋由横泽与七照看。眼看关原之战将要打响，草者首领壶谷又五郎有意带佐助一同行动。

　　"不懂得女子的草者，难以独当一面。"

　　横泽与七由此选中了女草者阿忆，麻烦她把佐助从男孩变成男人。

　　佐助无法忘怀跟阿忆共度的那五天时光。

　　"那会儿啊，你用脸贴着我的胸口，激动得痛哭流涕。"

　　每每被阿忆如此取笑，佐助总会面红耳赤，坐不是，站亦不是。

　　如今，佐助三十一岁，常常随阿江完成任务。冬之阵结束后，他跟阿忆幽会的机会自然多了。佐助和阿江早有觉悟。战事再开之际，便是慷慨赴死之时。他不想人生留下遗憾，故唯有抓紧时间陪着阿忆。

这两人都是草者。七日甚至十日一次的幽会中的爱抚，超乎常人想象。

阿忆用双臂紧紧锁住佐助的腰，剧烈喘息，嘤嘤哭泣。闷热的初夏夜晚，佐助忍不住跟着她喘息。

这里是船场南御堂附近的商家仓库。冬之阵以前，这本是一家木材店。战火烧毁了店面，唯有一座土仓幸免。土仓里头自然是空的。纵有货物，只怕亦早就被洗劫一空。佐助和阿忆的幽会场所，便是这土仓二楼。

两名草者要见面，不愁寻不到地方。这土仓后面有个石井，泉水清冽。激烈爱抚之后，他们便汲泉水清洗身子。洗完身子，两人的手臂、双唇和肌肤又会再度纠缠。

"佐助……佐助……"阿忆的脸贴到了佐助厚实的胸膛上，"我说……"

不知为何，阿忆有些吞吞吐吐。

"怎么了？"

"不，我……"

"有事？"

"不……"

"肯定是有事吧，说来听听。"

阿忆不答，猛然使劲，将佐助推倒。

"阿忆？"

"罢了，罢了……"

“罢了？这不是故意吊人胃口嘛。以前没见你如此犹豫呀，到底……咱们一直坦诚相待，无话不说，何以你此时竟要瞒着我呢？”

阿忆默然。

“这件事，无法告诉我？”

“不，这……”

阿忆的双唇凑近了佐助的耳垂。

“阿忆？别……”

“等等。”

“哎？”

片刻之后，只听阿忆娇然说道：“你先保证听了不会生气，我就告诉你。”

“生气？”

“你先答应人家嘛。”

“你得先把事情告诉我啊……”

“答应我，不生气。”

佐助无奈，只得答道：“好，我会不生气的。”

“一言为定？”

“一言为定。这样你可满意？”

“嗯。”

“那快说吧，阿忆。”

“这……”

阿忆低低说了几句。向井佐助呆然不动，如被雷劈。

他分明听她说道：“咱们逃吧。”

第陆话

（阿忆竟觉得我是贪生怕死之辈……）

自幼以草者自居的向井佐助不惧死亡。

"切记，切记，"横泽与七曾无数次教导佐助，"人终有一死，活着就是要迎接死亡。"

人和别的动物无异，总有一死。除了死，其余皆是未知。

因此，草者需为真田家燃尽生命，释放出最后一丝光亮。

"勿要迷茫，"与七老人说道，"越是迷茫……"

草者的"生"就越是空虚。

阿忆是身经百战的草者，岂会不知这些道理。

（莫非……阿忆开始畏惧死亡了？）

更重要的是，宫冢才藏是否知晓妹妹的想法？若是知晓，才藏是否亦有脱逃之意？

向井佐助沉默了，闭上双眼。

"佐助……喂，佐助？"阿忆的话音颤抖了，"你生气了？"

佐助默然。

"怎么不说话了？"

"阿忆，你怕死？"

"不……"阿忆含糊道，"这个跟那个不是一回事。"

"不是一回事？"

"是的。"

"此话怎讲？"

"阿忆死不足惜，但是要死得值得。此番大战，绝无胜算……"

"都这样了，说这些又有何用。"

"大人为何不让我们草者执行任务？"

"阿忆，你不是在执行任务吗？"

"不，我说的不是这种任务！"

"啊？"

"大人为何一直不出手？阿忆百思不得其解。大御所上洛时，光靠我们草者，便足以砍下他的脑袋。真田草者若是齐心协力……"

"别说了，阿忆。"

"冬之阵时险些于奈良得手，就差一步，功亏一篑。关原之战时，阿江大人不就曾孤身去长良川袭击家康？"

"如今的关东如日中天，只取大御所一人的脑袋是没用的。"

"那为何要帮助大坂？"

"阿忆，你连这都不懂？"

"不懂……阿忆真的不懂……"阿忆抱着佐助的身子，呜咽道，"佐助，为必败之仗尽力又有何用？逃吧，我们逃吧……"

"逃？逃了又如何？"

"这……活着啊！咱们去别的地方开开心心过日子吧，佐助……"

"唉……"

"佐助，求你了，咱们离开这里吧。"

"你有没有把这个告诉宫冢才藏？"

"哪里会……若是被兄长知道，他会立刻杀了我以绝后患吧。"

"我想也是……"

"佐助，你也觉得我是叛徒，要杀我？"

"不，我不会杀你的。"

"阿忆好高兴……"阿忆将双唇贴向佐助嘴边，"那你会陪着我离开了？"

"不。"

"啊？"

"你若想逃，便独自逃吧。"

"佐助，阿忆一人苟且偷生……"

她怕是想说"又有何用"吧。

佐助轻轻推开阿忆，站起身来穿衣，同时说道："阿忆，除了你，还有打算逃跑的草者吗？"

阿忆黯然无语。

"我问你呢。"

"我不知道。"

"阿忆，你听好。此番大战，大人是不会暗做手脚的。大人只想正面和关东大军交锋，让天下瞧瞧真田兵法之精髓。那之前，草者要负责探出关东大军的动向，等到关键时刻再上战场……"

"徒劳，皆是徒劳……"

“阿忆，你听我说完。”

“我不听，我不听！”

阿忆本是个经验丰富的草者，哪知现下竟开始耍女儿腔了。

佐助一时怔住，暗想她跟阿江到底是不太一样。

那是自然。

“阿忆，女草者不用出阵。”

“那又如何？”

“所以，你会活下来的。”

“佐助！你什么都不明白……什么都不明白！”

“冷静！小声点儿……”

“我不管！管不了那么多了！”

阿忆泣不成声。独自一人苟且偷生，又有何用？正因她深爱着向井佐助，才想跟他一同逃跑。

“阿忆……”

“我不听，我不听！”

“明天夜里，我们再来这里相会吧。我会等着你的。若是你不来……我就当你逃跑了。”

“你会不会将这事告诉阿江大人？”

“我又不是那种人。”

“这可说不好。”

“啊？”

“阿江大人总带着你……”

“那是她知晓我的秉性，办事放心啊。”

“不！阿江大人太可怕了，她是想独占你！”

这句话出乎意料，佐助惊得呆了。

（阿忆竟然会这样想？）

然而，阿江的确猜出了阿忆和佐助的关系。她初时面露难色，但一到了大坂城便开始关注二人之事，时常笑着问道："见不着阿忆，寂寞了吧？"

就拿今晚来说吧。佐助谎称想去城外巡视一番。阿江便笑答道："那就抓紧时间，好好享受享受吧。"佐助羞得满脸通红。正要出去，阿江又道："替我向阿忆带个好。"

真田丸的遗址上搭起了一个小屋，阿忆和兄长宫冢才藏就住那里。

总构战壕被填平后，真田丸亦被关东大军拆毁。台地的泥土都被用去填埋战壕，昔日的模样荡然无存。开春之后，幸村见战事就要重开，便利用真田丸尚存的地形，建了几栋小屋供大坂部队使用，其中自然有草者小屋。

他挖了些较浅的战壕，设下栅栏，开始训练部队。冬之阵后，真田部队的浪人战将都被幸村折服，对其信赖有加。若说他们是给丰臣家卖命，倒不如说是要跟左卫门佐大人同生共死。

士兵的结局，由直属长官决定。士兵若舍不得随长官赴死，便无法拼死作战。

真田部队的浪人战将们没有疑虑，更没有烦恼。

"只要听从大人的命令就行了！"

幸村有条不紊地训练部队，一旦开战，只要兵力不会四分五裂，就可以集结所有力量进攻。被训练的队伍里面，同样有草者的身影。

幸村的联络方法独特，需用到阵太鼓和令旗。他手下绝大部分将士都把盔甲涂成了红色。如此一来，哪怕深陷混战都可分清敌我。

幸村坚不离去，让真田部队的将士们深感欣慰。大家都不理会城内的流言飞语，如此便得以放手一搏。幸村又有了些自信。冬之阵中，他利用真田丸这个"小要塞"击退了敌军，但此次要打野战。

要把手下部队指挥得如手足一般顺利，实非易事。

"阿忆……"向井佐助收拾妥当，说道，"我要回城去了。"

"哼，悉听尊便。"

"明天夜里……再见。"

"我不管。你要是不跟我离开，我就把大坂城的情况告诉关东！你怕不怕？"

"阿忆，你想威胁我？"佐助投以怜悯的眼神，"城内的风吹草动，关东早就知道得清清楚楚了。城内的关东间谍们大摇大摆，情势早就没得救了。你去通风报信，那才是徒劳。"

佐助撂下这句话，下了仓库的二楼，离开屋子。阿忆又一次哭了。就算出了仓库，都会听见她哭。佐助大感失落。

（想不到阿忆竟是这样的女子……）

眼看战无胜算，提议脱身就算了。谁知她竟如此激动，不顾草者大义，对真田幸村和阿江无礼……佐助深爱阿忆，早就决意陪着她共赴黄泉。阿忆的变化让他心痛，更让他愤然。

佐助离去一段时间之后，阿忆才止住泪水，黯然离开仓库。

这时，一个人影暗中跟上了她。

第柒话

那人影正是甲贺忍者——迫小四郎。

他恰巧路过商户遗址，并未见着先行离去的向井佐助。月黑风高，佐助消失在黑暗中时，小四郎从另一个方向出现。突然，仓库中出现女子的哭声。

（嗯？）

小四郎立刻闪进土仓墙壁的阴影里。

大坂城内不乏看准"再战无胜算"之辈，纷纷暗中离去。关东忍者的职责之一，便是搜捕此类逃兵。大御所德川家康和将军秀忠平安来到京都、伏见，正忙着整顿大军，近日便将攻向大坂。因之，忍者们要确保家康和秀忠的安全。更何况上头特意吩咐要抓住那些大坂城的逃兵。

三日内，迫小四郎捕获了两名意欲脱身的浪人。

却说小四郎正待离去，忽瞧见阿忆从仓库出来。

（女的？）

同是忍者，他一眼便知此女不大简单。黑灯瞎火，她却没拿灯笼。

（是个忍者！）

支持关东的甲贺、伊贺都派出了女忍者。然而，小四郎不认识阿忆。

（恐怕是大坂方的女忍者！切莫大意。一旦活捉，会比普通浪人更有价值。）

小四郎跟踪阿忆之余，暗暗寻思着，一时热血沸腾。

正月，京都忍宿的甲贺女忍者阿才出去报信，就此没了下落。她当然不会主动消失。不是被大坂方面的忍者抓住，就是丢了性命。

甲贺头领伴长信亦是同感。

（好！要设法捉活的！）

小四郎从腰部的皮袋里摸出三枚甲贺暗器，继而解开了背上布袋的绳索。

经验丰富的女忍者阿忆全未察觉跟踪。倘是平日里那个冷静的阿忆，自当时刻绷紧神经，甚至早就察觉小四郎了。

反观眼前这个阿忆……她刚刚劝佐助离开大坂，被对方一口拒绝。阿忆放声痛哭，连屋外之人都能听见她的哭声，可见她相当激动。阿忆越走越乱。

（佐助……你怎能那么傻……为何不愿跟我离去。口口声声说爱我，却不肯跟我离开这里……）

这份不甘和伤心，激起难以名状的怒火。

现下的阿忆不是女忍者，更不是草者，只是个普通女子罢了。而且，是一个刚被年轻爱人"抛弃"的中年女子。

这种情况下的阿忆，自然无法察觉迫小四郎的跟踪。

阿忆来到木津川河口附近，蹲到芦苇丛中，低低抽泣。

温热的风中，芦苇摇曳。

（机不可失……）

迫小四郎小心翼翼凑近阿忆，调整呼吸。运用整息之术将呼吸限制到最小，从而隐藏行踪，静候良机。

不久，阿忆不再哭泣，站了起来。迫小四郎等的便是这一瞬间，立刻掷出三枚苦无。他瞄准了阿忆的大腿和小腿。

"啊……"

阿忆左腿中了两枚暗器，险些跌倒，却从腰间皮袋中掏出了投爪。

只见迫小四郎纵身一跃，将从背后口袋里掏出的"投网"丢向阿忆头顶。

草者亦会使用投网。向井佐平次刚开始追随真田幸村时，草者鞍挂八郎曾受命抓捕发狂的樋口角兵卫，当时正是用投网制住对方。

阿忆取出投爪，用单膝勉强支撑身躯，无奈从天而降的投网将她死死罩住。

"啊！"

越是挣扎，投网就收得越紧。

迫小四郎如鼯鼠般扑了上去，一把将她按住。

第捌话

次日一早，草者宫冢才藏暗中来到大坂城二丸的真田府邸，问阿江道：“我妹妹阿忆在这里吗？”

“不在啊……”

“啊？”

“怎么了？”

“昨天日落后，她说有事去城内一趟，就再没回来。”

“咦……”

“昨天傍晚，她可来过？”

阿江略一沉默，答道：“确实来了，但夜里就走了。”

“当真？”

“当真。”

“怪了……”

“她不见了？”

“是啊，以前从没出过这种事。”

"要不再去各处找找吧。"

"只好这样了。"

宫冢才藏惑然离去之后，阿江唤来向井佐助。两人身在府邸的纳户，跟盐部屋相连。

佐助来到门口，问道："阿江大人，喊我有事？"

"进来再说吧。"

"好。"

"佐助，你昨晚是不是去跟阿忆幽会了？"

"没……"

"别隐瞒了，此事我一清二楚。"

"的确见到了。"

"地点？"

"船场烧剩下的仓库……"

佐助说到一半，不觉低下了头。

"三十好几的大男人，跟个女人幽会，有什么好难为情的。"

"是……"

"谁先出去的？"

"是我。"

"那会儿，阿忆还在仓库里？"

"不错，"佐助顿觉异样，"她出事了？"

阿江盯着佐助，说道："方才宫冢才藏来寻人，说阿忆不见了。"

佐助面无血色。面对阿江，他藏不住任何秘密。

"佐助，说实话！"

阿江猛然一吼，犹如晴天霹雳。

佐助只得垂首答道："属……属下有罪……"

"你有头绪？"

"有……"

向井佐助一五一十招了。说完，整个人小了一圈。

阿江闭上双目。

佐助低着头，又道："阿忆劝我离开这里时，我是否该除掉她以绝后患？"

阿江摇摇头，道："不，你做得不错。就这样最好。"

"但是，我不觉得她当真会离去……"

"你二人说好何时再见？今晚？明晚？"

"是……今晚。"

阿江点点头，起身说道："佐助，此事不要再让别人知道。"

"我明白。"

阿江留下佐助，独自走出纳户，求见真田幸村，将一切如实道来。

幸村听阿江说完，面上微笑不变。

阿江问道："主公意下如何？"

"这……"

"属下不觉得阿忆真会离去。她只是太爱佐助，想捡回一条性命罢了。"

"毕竟是个女子……"

"因此，她不会独活。"

"这挺蹊跷。近来，逃离大坂城的浪人纷纷被关东方面活捉……"

"我怕的正是此事，"阿江凑近了道，"阿忆许是被关东忍者抓了去！"

"阿忆经验丰富……"

"彼时她刚被佐助拒绝，怕是忘了草者的警戒……"

"阿江，莫非你有经验？"

"的确有。"

"是谁惹你伤心呀？"

"正是大人您。"

"嗯，这张嘴可真不饶人。"

"听佐助说，阿忆哭成了泪人呢。"

"反正此事先别让宫冢才藏知道。"

"是啊，否则才藏会切腹吧。"

"况且……阿忆不一定会离开我们。"

"是。"

"好，把宫冢才藏喊来吧。"

"遵命。"

片刻后，宫冢才藏小跑着出现。

幸村说道："是我派阿忆办事去了。事关重大，所以之前没告诉阿江。"

"敢问主公派阿忆去了哪里？"

"阿江都不知道，哪能告诉你？"

"这……"

才藏的疑虑没有全部打消。

"别多想了，日后自然会告诉你的。"

"可……"

"阿忆去执行草者的任务了。明白没有？"

“是。”

“照理说此事该让阿江去办，但眼下我离不开她，只得麻烦阿忆了。”

才藏总觉得有些可疑。若是本打算交由阿江去办的事，阿江该知情才是。壶谷又五郎死后，阿江便是草者之首。

“是我的私事，这样说明白没有？”

“是，明白。”

“阿忆去去便回，你别担忧了。”

宫冢才藏满腹狐疑，回到了真田丸旧址上的小屋。

是夜，阿江命向井佐助不许离开府邸，而后孤身出城。次日一早，她回到二丸府邸，告诉向井佐助——

“那仓库附近埋伏着一大批关东忍者。”

“那……阿忆真被抓了？”

“恐怕……恐怕她招了昨晚要和你幽会的事儿。”

佐助无言以对。

真田幸村睡醒之后，听了阿江的汇报，说道：“何以只身犯险？万一你被捕了，该如何是好？”

“主公多虑了，我还没不中用到那样。”

“总而言之，此事万不可让宫冢才藏知道。”

“是。”

阿忆未归，才藏疑念尚存，战争却持续接近。

大野和塙迎击失败的当夜，大坂城内的千席间召开会议。

丰臣秀赖出席了，但不见淀君身影。

对再度开战的恐惧，让淀君食不下咽。

此次会议确立了迎击关东大军的方案。有史料称：

（自河内口出击）

木村重成、长宗我部盛亲、增田盛次等，一万一千余。

（自大河口出击）

（前队）后藤又兵卫基次、薄田兼相、明石全登、山川贤信等，六千四百余。

（后队）真田幸村、毛利胜永、渡边纠等，一万两千。

后队若再算上福岛正则之弟福岛正守和丰臣家的监军伊木七郎右卫门，总计二万兵力。从河内口出击的战将均系丰臣家旧臣，故而未派监军；大河口主要由浪人战将负责，自然需人监视。但是，都到了这样的事态，监军又有何用？

伊木向大野治长恳求道：“我但求跟真田大人同生共死，望大人撤销监军职务。”

“不成功便成仁”的关键一仗眼看着就要来了，大野却继续做着一些让浪人战将不快之事。

伊木不禁哀叹这真是愚蠢至极。

第玖话

元和元年五月一日，后藤基次率出击大和口的前队离开大坂城。换算一下，那是现下的五月二十八日。

前队的兵力是六千四百有余。

后藤基次扎营平野。大坂城南方二里，便是平野地区。那一带有杭全神社和大念佛寺，曾是个繁荣小镇，亦有不少商户。

后藤基次向绵屋的和泉长右卫门借住。

平野有大坂居民留守。"不帮大坂，亦不帮关东"是他们一贯的立场。众人组队自卫，千方百计阻止战火烧镇。

士兵们风餐露宿。篝火照亮了初夏夜空。

关东的先锋部队估计正朝奈良附近集结。

一如冬之阵时，各类商贩来到军队周围，关东忍者亦混迹其中。

大坂方面的忍者，尤其是真田草者，亦忙着搜索大和口地区。前夜，宫冢才藏带着对妹妹阿忆的牵挂，率数名草者去了那里。

向井佐助探知德川家康和秀忠父子均未从二条城、伏见城动身。

然而，距离德川父子的出阵之日无疑没几天了。

后藤基次出兵时，真田幸村一路陪到了玉造。翌日，幸村和毛利胜永组成的"后队"亦将出阵，至天王寺附近宿营。

天王寺本来是对四天王寺的略称，久而久之就成了那一带的地名。四天王寺是圣德太子开创的七大寺院之一，享有"日本佛教第一寺"的美誉。

后藤基次头戴椎形盔，身披黑铠，骑着高头骏马。幸村亦是骑马相送，并肩而行。

"恕在下多嘴……"

幸村对基次耳语一番，希望他保持跟"后队"的联系。

基次颔首，道："好……"

但是，幸村总觉得他魂不守舍。基次眼神消沉，盯着前方，没有看幸村一眼。幸村确信他不是被适才之言惹恼，而是一心求死，故再三强调双方需加强联系，团结一致。毕竟，就算歼灭敌方一两支先锋部队，亦难以力挽狂澜。

以幸村之见，负责大和口的后藤、真田、毛利三将，堪称大坂至宝。麾下将士对指挥官心服口服，斗志昂扬，战意喜人。大坂方面派出如此兵力，敌军自会投以相当的军力。家康和秀忠尚未出动，故大坂方面不宜轻举妄动。幸村希望等到家康、秀忠亲临战阵之际，再行进攻。

后藤基次是天下闻名的战将。来到大坂的浪人战将里，他的地位比真田幸村要高。因此，幸村无法干预基次的行动。

伊豆守真田信之曾评价弟弟幸村行事柔和，沉默寡言，不会轻易动怒。一旦碰上需要忍耐之事，信之自愧其毅力不如弟弟。纵是以耐力之强著称的信之，都如此感叹。

　　来到大坂城之后，幸村开会时从不跟别人口角。唯一的一次争执，便是冬之阵时跟后藤基次争抢真田丸那片地方。可见幸村对那"真田丸"何等执著。

　　冬之阵议和后，真田丸被关东部队拆毁。幸村命人将真田丸的木材和石材运回城内，一脸遗憾。

　　向井佐平次甚至对阿江叹道："从未见大人如此……"

　　真田幸村辞别后藤基次，回到大坂城内。

　　初夏时节。多云的天空。人马涌动。明日，真田、毛利的"后队"一万二千余便会出阵，至天王寺一带扎营。准备工作从前天开始。

　　同样是明日，木村重成将率五千余人出城，抵挡取道河内的关东部队。

　　大坂的丰臣家一直没有统领诸将的总司令官。如前所述，名义上的"总帅"丰臣秀赖对战阵一无所知。淀君自不用说。而辅佐这对母子的大野治长简直比无知更糟。骨气与实力兼备的战将们早拿大野治长的话当了耳边风。

　　然而，一旦众战将各自行动，大坂方面的六万士兵便没了团结。

　　真田幸村只想跟后藤、毛利二将紧密配合，打一场无悔之仗，结束人生。

　　幸村回到城内二丸的府邸，让向井佐平次把樋口角兵卫喊来。他有一阵子没见角兵卫了，但草者从不放松对角兵卫的监视。角兵卫仿佛成了哑巴，成天沉默得让人毛骨悚然。他毕竟是幸村的亲戚，得以住进旧真田丸附近的木板小屋。按照向井佐助的报告来看，角兵卫日复一日闭门不出，终日饮酒消遣。

　　最重要的是，没有可疑人士来接近他。

第拾话

倘若嫌角兵卫碍事，直接派草者弄死他便是。然而现下的幸村根本就不拿樋口角兵卫当回事，只拿他当个无关紧要的家伙。

直到日落以后，樋口角兵卫才缓缓现身。此举显是故意。

他一进书院，便带来一股扑鼻恶臭。

幸村一开口便问道："角兵卫，你平时就不洗澡？冷水热水都行啊！"

角兵卫不予理会。他的须发乱作一团，倘无那一身武装，根本就是个乞丐。

角兵卫脸色发青，甚不好看，而且有些浮肿。

（莫非这假货身子不爽？）

幸村随口问道："角兵卫，最后的时刻就要到了，你明白没有？"

角兵卫默默点头。

"何不回沼田的兄长那儿去？"

角兵卫不答。

"兄长会收留你的，不会被关东责罚的。"

角兵卫凝视着幸村，独目中透出阴冷的光。

书院的纸门合上了，里面又有屏风，很是闷热。

幸村同样凝视着角兵卫。角兵卫低下了头。幸村偶一转念，起身拉开了面朝庭院的纸门，果然看见向井佐助正蹲在庭院一角。

一则防止别人闯进书院，二则防止樋口角兵卫加害幸村。

佐助很担忧角兵卫会不会突然狂乱。

幸村再度坐好，问道：“角兵卫，你跟我同死又能怎样？”

角兵卫默然。

“角兵卫啊，你可知京都有位女子名唤小野阿通？”

角兵卫没有说话。

“前些日子她进城来了。你可知晓？”

角兵卫兀自低头不语。

“明日便是出征之日。”

角兵卫用力点头。

“你想好了要跟关东对敌？”

角兵卫再次点头。

“你当真想跟关东作战？当真？”

幸村反复问道。

突然，角兵卫开口说道：“冬之阵时，我的表现，大人该知道吧。”

言下之意，早就决意出阵了。

（这到底……）

贤明如幸村，一时亦不免茫然。

阿江觉得樋口角兵卫就是关东间谍，是沼田的信之派来的卧底。

角兵卫脱离九度山跑到沼田，回九度山前又去了小野阿通那里，而当时跟他一同从阿通府邸出来的那名武士则去了京都的真田府邸。事后查明该武士正是信之的家臣——马场彦四郎。无怪乎阿江会有如此怀疑。

正月七日，幸村和兄长信之去小野阿通府邸会面时，两人都没提到角兵卫。

幸村不禁猜测，莫非信之完全不知道角兵卫来了他这儿？

若是如此，兄长家臣马场彦四郎和角兵卫的关系便很可疑了。

樋口角兵卫实系真田兄弟之父昌幸和两兄弟的姨母久野所生。他人暂且不论，信之和幸村皆对此一清二楚。然而，这三人虽是异母兄弟，幸村对角兵卫却全无兄弟之情。

倘若嫌角兵卫碍事，直接派草者弄死他便是。然而现下的幸村根本就不拿樋口角兵卫当回事，只拿他当个无关紧要的家伙。

再者，贤明的兄长信之哪会派角兵卫当间谍？而且是送间谍到幸村这里。

无论二人年轻时有何等纠葛，幸村现下对角兵卫唯有哀怜。许是那狂暴之血和阴暗的身份，让角兵卫变成了难以捉摸的怪物……

照理说，角兵卫本该回到沼田的真田家好好生活，以骁勇善战留下美名。就拿这次开战来说吧，他大可陪伴替信之出阵的两名幼子，以东军一将的身份来和幸村交手。角兵卫幼年时颇受信之疼爱，对幸村则甚憎恶。其中一个理由，自然是幸村喜欢揶揄他愚劣。

另一个理由是，他知道幸村是某个无名女子所生。这只怕是其母久野无意说出来的。这两人同是妾室之子，待遇却大大不同。

昌幸宣称幸村是他和正室山手殿的孩子，平日里经常带着幸村，倾注父爱，比真正是正室生的长子信之尤甚。这让角兵卫有了极大的不满和怨恨。

幸村深知角兵卫的想法，所以才会有"哀怜"之念。

角兵卫时常会突然狂暴，做出些惊人之举。而爆发之后，又会深陷常人无法忍耐的沉默。

"角兵卫啊……"幸村只得作罢，"那就随你。"

劝无可劝。

樋口角兵卫微微低头，离开了书院。

幸村喃喃道："以后你是死是活，我可管不了喽。"

樋口角兵卫就此自幸村脑海离去——不，是"消逝"了。

幸村但求将真田兵法昭示天下，除此再无所恋。反正真田家的血脉自有兄长信之传承。

角兵卫的举止看似难以捉摸，却不出乎自幼深知此人的幸村之料。

幸村忽然唤佐平次进来。隔壁待命的向井佐平次立刻出现。

"你可看见角兵卫那厮的神色了？"

"是。"

"有何感想？"

佐平次微微一笑，说道："我们就等着他的喜人表现吧。"

幸村忍俊不禁，暗想这个佐平次确实又是一个捉摸不透的男人。

向井佐平次曾有几次出人头地的机会，结果——婉拒，愣是不想拿俸禄。

他很年轻就目睹了信州高远城的陷落，只怕正是这段经历把他变成了如此男子。用"虚无"来形容他，似乎挺贴切的。然而，这个虚无者为何从沼田来到大坂？此中缘由，谁都说不清楚……

幸村苦笑道："佐平次，跟我喝两杯吧。"

"好主意。"

“备酒。”

“何不将大助大人唤来？”

“不用了，就咱二人喝个痛快吧。”

“好。”

佐平次打算扛上长枪，出阵帮幸村牵马。

他尚且使得长枪？

高远城一役，长枪足轻佐平次曾奋勇杀向来势汹汹的织田家部队，但那毕竟是三十年前的往事了。佐平次来到真田家之后，幸村便没再见到他跟敌人交手。

院子里的青叶香味飘进书院。向井佐助的身影早就没了。

第拾壹话

五月二日那天，京都近郊的日冈地区出了一件事。

有个名唤户田八郎右卫门的武士，斩杀了"杀兄仇人"铃木左马助。

铃木左马助是近江国的代官。有史料称，户田杀了左马助之后，翻山越岭逃到三井寺。当时，铃木左马助的侍从将挟箱①随地一丢，逃之夭夭。当地人只得将这挟箱送交京都所司代板仓胜重。胜重开箱一看，里面竟然是一封密函。更惊人的是其内容——指示暗中勾结大坂之人造反。

内奸之首是织部正古田重然。此人是当时有名的茶人，曾侍奉织田家和丰臣家，而且是太阁秀吉的御伽众，享有一万石俸禄，后来又当了将军秀忠的茶道老师。密函称，德川家康、秀忠父子动身攻打大坂之后，内奸便会出手攻陷二条城，甚而火烧天皇的皇居。

---

①　武将因公外出时命侍从扛着的长方形物品箱。

以上出自德川家的史录，但此事着实惹人怀疑。享誉天下的茶人古田织部正哪里会是这种人？户田八郎右卫门所杀的铃木左马助，正是古田织部正之婿。户田报仇确有其事，但挟箱云云实是另有蹊跷。

古田织部正就这样被所司代捉拿归案，织部正的茶童木村宗喜等二十余人更是悉数被捕。

德川父子的动身因此延期五日。家康本拟三天内结束战斗，有意短期决战。但这件事不啻是个晴天霹雳。家康将出羽米泽城主上杉景胜召至二条城，命其负责京都的警戒，检查枚方街道和河内路是否安全。

此事亦有隐情。关原之战时，中纳言上杉景胜曾遥遥呼应石田三成，联手对抗德川家康。后来的冬之阵中，景胜的表现亦令家康颇有微词。

话说回来，太阁的遗孀高台院这次甚至都不去劝说大坂丰臣家了，只是淡然观望事态。她此前曾苦苦谋求丰臣家之安泰，亦曾推动家康和秀赖的二条城会面。当时的高台院有两位实力雄厚的靠山——加藤清正、浅野幸长，无奈这两人早已撒手人寰。

高台院本名宁宁，是太阁丰臣秀吉的糟糠之妻。德川家康不敢怠慢了她，特意从河内地区挑出一万六千石的俸禄供她生活用。九年后的宽永元年（1624 年），高台院以八十三岁高龄仙逝。

这部小说里面，高台院再无登场之日。

是年春天，自大坂城回到京都的小野阿通登门求见高台院，两人密谈许久。

她们到底谈了些什么呢？

此后，阿通返回东山脚下的府邸，闭门谢客。哪怕天皇、上皇有请，她都称病婉拒，不肯进宫谒见。

天皇和上皇派密使去了二条城，希望家康设法避免战争。

家康答道："臣曾几番派使者去大坂商讨议和，无奈大坂皆不予答复。"

元和五年五月五日，大御所德川家康和将军秀忠分别自二条城、伏见城动身。用公历来看，那一天就是现下的六月一日。

初夏时节，万里无云。家康没有武装，而是穿着那套鹰猎的装束上轿，身后紧随着金扇马印、银葫芦和金缝组成的小马印，以及七面白色大旗。

一万五千骑的队伍浩浩荡荡，其中自然有泷川三九郎这位使番的身影。

家康动身时，特意叮嘱道："给大坂城的天满口一带留条生路，供城兵脱身用。"

若是将城的四面八方围个水泄不通，城兵没了活路，便唯有拼死抵抗。

那将给攻方带来巨大伤亡。

将军德川秀忠披着黑线铠甲，头戴唐人笠头盔，骑着名唤"樱野"的栗毛爱马出阵，帐下十万人马。

将军的军装，是熊皮鞘太刀配上唐团扇。

东军的先锋部队早就到了奈良、河内一带。

水野胜成尤其积极，率先抵达奈良。

家康欣然赏了他五十枚金币，赞道："做得好！"

关原之战时，水野胜成的父亲和泉守忠重是三河国刈屋城主。战争就要打响之际，丰臣家的嫡系大名堀尾吉晴（远江国滨松城主）路经三河，至池鲤鲋地区出席水野忠重的宴会。当时同席者尚有美浓国加贺野井城的城主加贺井重望。席间，重望喝得大醉，就该不该支持西军一事跟忠重剧烈争执，不但抽刀将忠重砍死，更将上前劝架的吉晴砍成重伤，后被水野、堀尾两家的家臣斩杀。

水野胜成那时尚是毛利家的一介陪臣——家臣三村纪伊守之家臣。德川家康立刻派人带去他父亲的噩耗，同时命他回来继承家业。

胜成年轻时本是家康家臣，不知为何竟离开家康，先后投奔织田信雄、丰臣秀吉、佐佐成政、小西行长等人，再后来则索性当了浪人。有人揣测他此举实有家康指示。

需知，德川家康的谍报网不光包括暗中行动的甲贺、伊贺忍者。譬如冬之阵中的本多政重，便是他的一个密探，先后当了好几个大名的家臣。此类角色，数不胜数。

第拾贰话

水野胜成从家康手中接下五十枚金币，更是干劲十足，立刻回到奈良，五日傍晚又早早冲到奈良西南侧的国分地区。

算上松仓、奥田、丹羽等小部队，打先锋的共有四千余人。

奈良之西南六里，便是国分地区。大和川横亘生驹山地南端和金刚山地北端，连接奈良和大坂平原的街道便在其中的缝隙穿过。

水野胜成直接冲到了这一兵家要地，大坂方面竟是一无所知。

后藤又兵卫率两千八百余人宿营平野，平野至生野一带由薄田、山川、明石、井上诸部把守；而真田幸村、毛利胜永则负责天王寺附近地区。

开战的那一瞬间渐渐临近。

草者宫冢才藏来到幸村阵营，通报水野胜成抵达奈良一事。幸村听了，让他告诉全部草者来阵营报到，以后就跟着幸村的部队行动。

幸村安排完草者的事情，又去见了毛利胜永，说道："得跟后藤大人好好商讨一下才是。"

胜永正有此意，立刻表示赞同。

幸村和胜永都打算等家康、秀忠的马印到齐之后，一决死战。正经动手之前，自然不宜被那些没用的小打小闹折损兵力。

大坂方面虽然开会决定出击，但要抓住合适的战机谈何容易？

这无疑需要后藤、真田、毛利三将配合无间。

五日当夜，幸村、胜永离开四天王寺的阵小屋，奔向平野一看，只见后藤基次正忙着备战，似乎打算将部队推进至藤井寺附近。

藤井寺以西不到半里，便是被关东先锋部队控制住的国分地区。

"不去藤井寺，便摸不透敌军动向。"

基次此言大有道理。若等天亮才离开平野，搞不好会被敌军占去先机。两军明日便将接触，幸村没理由阻止基次去藤井寺。幸村本想待关东大军布置妥当再昂然决战，此时看来却全然没了希望。

幸村无法指挥全军。他唯有恳求基次不要直接和敌人交锋，希望他等到幸村和胜永的"后队"抵达藤井寺，大家一齐动手。

基次淡然允诺，说道："好。"

幸村和胜永对视一眼，同时颔首。两人皆松了口气。如此一来，三人便可齐心协力，请君入瓮，逐个击破。

幸村打算在吸引敌军火力的同时，临机应变，冲入家康与秀忠阵中。

他撤回所有草者，正是要让大家最后活跃一番。活跃的方法已由阿江告知所有草者——草者将以"战忍"之姿，随军出阵。

对现下的幸村而言，敌军是不是从奈良去了国分，情况都一样。

幸村只想以自身的表现让世人重识"真田"之名。后藤基次好像没太理解幸村的想法，但幸村觉得毛利胜永早就看明白了。

幸村回到阵所，只见阿江早就来此等候。阿江扮成百姓模样，背着小包袱。

"大人，阿江就此告辞了。"

"好。"

阿江、阿忆这样的女忍者无须上阵杀敌，却另有任务执行。无奈阿忆行踪不明，阿江只得独自离去。

只听阿江怆然说道："此番一别，怕无再见之日……"

由此可知，她早就有了听闻幸村阵亡消息的觉悟。

阿江抬头瞥了幸村一眼，双目黯然无光。

"嘿……"幸村闭目片刻，再睁眼时，脸上又露出了温柔的笑容，说道，"嘿……我们总会再见一面的……"

"再见一面？"

"我总有这种预感。阿江，你呢？"

轮到阿江闭目了。

须臾，阿江说道："遥祝您马到成功……"

此时，向井佐平次离开了阵小屋，正照料着幸村的战马。

佐平次回来之后，阿江轻轻对他说道："万事拜托了……主公就拜托你了！"

佐平次微微一笑，说道："不，还是把我拜托给主公比较好吧。"

"呵，佐平次大人真会说笑……"

幸村和阿江一时忍俊不禁，哪知再看佐平次时，他竟是紧抿双唇，一脸愁容。

阿江对幸村行了一礼，离开了阵小屋。

远处传来军马的嘶鸣。

幸村让佐平次帮忙脱下了阵羽织，坐到虎皮坐垫上，说道："佐平次，拿酒来……"

"是。"

幸村让佐平次伺候着，默默喝酒。他对后藤基次出兵藤井寺一事总不免有些挂虑，隐隐觉得不安。

阿江曾几番感叹大坂城内的关东间谍数不胜数。纵是长年陪伴丰臣秀赖和淀君的织田有乐斋，此时都脱离了大坂，忙着去向德川家康示好。上到淀君的叔父有乐斋，下到不知名的浪人战将，各个方面都有关东内奸。

自全国各地招募来的浪人鱼龙混杂，真田幸村简直懒得再寻思这事情了。

哪怕是明晨开赴藤井寺的出击部队，里面都难说没有关东间谍。

第拾叁话

按说后藤基次是堂堂武将，断不会出尔反尔，但想到他的那股迫切劲头，幸村就忍不住派人再去确认一番。

五日当夜，国分地区迎来两路人马。一是伊达政宗的一万余人，一是本多忠政、松平忠明等人的九千人。虽然有史料称大坂城内的会议情况早由奸细告知关东，家康对出击部队的人员和战术一清二楚，故而让先锋部队自奈良奔向国分，但本故事不想沿袭这种说法。

根据另一些史料来看，六日午夜零点，后藤基次从平野动身去了藤井寺。平野和藤井寺只有一里半的路程。基次渴望占得先机，但求天亮前抵达国分附近。

大坂方面的兵力不占优势，战场一旦宽阔，便难有招架之力，故唯有利用生驹和金刚山地的狭隘地形，将关东部队逐一击破。该战术合情合理，却不是真田幸村理想的情势。

不同的想法，让后藤基次和真田幸村无法坦诚相对。不仅是后藤、真田二人，那些陌路战将酿成的悲剧简直不胜枚举。幸村只好自我安慰，反正都跟后藤大人谈妥了，他自然会等到真田、毛利的"后队"抵达再开战吧……

后藤基次的先锋部队离开平野之前，天降大雨，以致该部队只得冒雨行动。

五日一早，家康父子离开京都和伏见时，天空犹自万里无云。

京、坂一带尚且阴晴不定，山区就更不用说了。

一刻（两小时）后，雨停了。紧跟着出现的竟是浓雾。

这浓雾自然出离了东西两军的行动方案。

"主公……主公……"

向井佐平次将熟睡中的真田幸村摇醒。

"嗯……佐平次啊。雨停了？"

"停了。"

"那好，我就说这雨下不久嘛。快去准备吧。"

哪知佐平次竟然说道："主公，犬子好像有事禀报。"

"哦？让他进来。"

佐平次走出阵小屋。幸村坐起，只见佐平次带着儿子佐助进来。

"佐助，凑近些。"

"是，"佐助稍微挪近，说道，"雨停了，但是浓雾……"

"雾？"

"正是。"

幸村起身走出小屋，沉吟着。

"嗯……"

幸村的阵小屋前方点着篝火，站有两名士兵。这两个士兵和幸村明明只有二间的距离，但就算借着篝火的亮光都看不清他们脸庞。

出身信州的幸村深知山雾之可怕。

"这天亮后雾自会散去……"佐助犹豫片刻，"不如我去探探？"

"好，"幸村立刻点头道，"你带个人同去。"

"遵命。"

不久，向井佐助便脱下武装，扮成百姓模样，打点好了行装，带着年轻草者福治郎来到幸村面前。

"佐助，拿着这个。"

"好。"

幸村将大坂各部队通用的铜质"鉴札"（令牌）及刻有幸村名号、画押的木牌交给佐助，道："你去求见基次大人，将我的话转告他。"

"是。"

冬之阵时，后藤基次曾几番造访真田丸，自然认得佐助。

"十万火急时，我就派这两人去见后藤大人。"

幸村滴水不漏，早就将向井佐助和宫冢才藏介绍给了基次。

"没问题。"

基次细细端详了佐助和才藏的脸庞，绝不会忘。

幸村让佐助带的话不算复杂。只是希望后藤基次遵照前夜的承诺，待后队到达了再行进攻。这真是再三嘱咐。

按说后藤基次是堂堂武将，断不会出尔反尔，但想到他的那股迫切劲头，幸村就忍不住派人再去确认一番。若大雾顺利散去自然甚好。无论如何，由真田、毛利统率的"后队"都会按时行动。幸村深知浓雾中行军是何等困难，又何等费时。后藤基次亦然。

佐助和福治郎离开真田阵所之后，幸村命帐下三千将士准备出阵。毛利胜永亦派来使者，跟幸村商议雾中行军之事。

真田、毛利阵所距离藤井寺不到三里路，怎奈黎明时踏雾行军跟光天化日之下的行军半点不同。

第拾肆话

真田幸村、毛利胜永都做好了出阵的准备，却无法立刻行动。

百姓模样的迫小四郎顶着浓雾行动。另一个甲贺忍者目贯与作得知宿营平野的大坂部队（后藤队）冒雨出动，便跟小四郎暂时分开，回到东军大营报信。

"小四郎，跟我一同回去吧。"

"不了，我出去看看。"

"太危险了，如此浓雾……"

"不碍事。"

小四郎斗志昂扬。

前夜，小四郎活捉了大坂的女忍者，将之押到甲贺头领伴长信面前。他尚未得知这女忍者便是真田草者阿忆。阿忆被押至奈良附近的甲贺忍宿，接受审问。小四郎深知这"审问"绝不简单，恐怕免不了一番酷刑。

关键时刻，女忍者确实比男忍者要坚强。然而，正所谓道高一尺魔高一丈，总会有特意针对女忍者的手段，让任何人都不会忍耐得住。

方才，目贯与作带回了头领的话——

"小四郎孤身去了大坂，竟带回如此收获，着实不易。"

此前，小四郎从未被大坂城下的敌人发现，而且根本就不曾摸进大坂城。只因他没有孤身犯险的理由。城内情况自然有无数奸细相告，简直是事无巨细。因此，伴长信命手下忍者不要靠近敌营。

迫小四郎若被大坂方面活捉，自是难逃草者阿忆那种结果。甲贺、伊贺的忍者只消刺探大坂出击部队的动向就行了。小四郎和与作前往平野附近，自然算是靠近敌营。换言之，前些天活捉阿忆的小四郎实是违背了头领之令。

——不入虎穴，焉得虎子？

听目贯与作复述头领的赞许，迫小四郎自是美滋滋的，所以才会跟与作分开，冒险刺探敌情。

（话说回来，这雾可真浓啊……）

对忍者而言，浓雾远比黑夜棘手。乳白色的迷雾，将直接麻痹忍者五感。不独小四郎如此，从真田阵所出来的向井佐助和福治郎亦然。平时日行四十里路都不当回事的忍者，面对黎明前的浓雾却束手无策。

然而，小四郎觉得舍不得孩子套不着狼。大雾来临前，他就早早探得平野地区后藤部队的动向，不正是最佳注脚？

关原之战以来，天下落进德川家之手。甲贺、伊贺的忍者逐渐失了宠，谋略和谍报活动均被巨大的政治体系囊括。摸进敌人的居馆和城塞，利用自然机理和身经百战的技术刺探敌情，甚至暗杀目标……忍者们再无如此活跃的机会，皆因战事少了。关原一役之后十余年的太平，一直持续到去年的大坂战争。

（何等无趣……）

小四郎深感不满。甲贺老忍者们口中的那些刺激场景，年轻的忍者根本无法体验。就拿五六年前的远州中山峠之事来说，小四郎和池胁藤左留守茶店（忍宿）时竟碰上猫田与助，继而跟真田草者（阿江、奥村弥五兵卫）一番乱斗。回想此事，小四郎总是满怀激动。

（关原之战时，那女忍者竟孤身袭击了大御所大人……）

当下的世道，再无供忍者活跃的舞台。哪怕是头领伴长信，都只享受关东谍报网末端的位置。

“不要靠近敌营”云云，自然是要防止被敌军活捉，影响其余行动。

（我们就如此靠不住？）

小四郎暗自不平。

就算被敌军活捉，就算被酷刑逼供，都不会泄露我方的半点机密——如此方是甲贺忍者的风范。

忍者之间，再无“信赖”之感。

反观那猫田与助，老得都要死了，却坚持追踪真田草者。小四郎很怀念他。

（与助莫非死了？到底上哪儿去了呢……莫非是孤身去了纪州的九度山，被草者察觉，丢了性命？）

小四郎弯腰躲进雾霭重重的树林，拿出随身携带的干粮吃了几口，又喝了点儿竹筒里面的水。

这时，向井佐助和福治郎正缓缓靠近小四郎歇息的树丛。

真田幸村、毛利胜永都做好了出阵的准备，却无法立刻行动。浓雾之中，火把都没用了。况且，真田、毛利之前，尚有薄田、井上、山川等人的队伍。

正是有了"前队"，才会有由真田、毛利组成的"后队"。这便是全军出击时的部署。后队无法先行。一旦轻举妄动，全军便会乱了方寸。

幸村和胜永派使者去见"前队"的薄田兼相。浓雾中一去一回，时间长得惊人。许久之后，两人才接到薄田兼相的答复。

"如此大雾，断不可轻举妄动。"

这是理所当然。

毛利胜永跟幸村商量道："那不如由左卫门佐大人殿后，我先去前面看看。"

"这……"

胜永解释称，全军的部署固然无法打乱，但两队之间最好留些间隔。

幸村寻思片刻，答道："好。"

因之，毛利胜永率三千将士先行离去。

当时是凌晨四点。若是天晴，初夏的天空早该泛出鱼肚白了，怎奈这乳白色的浓雾不知何时才散。此际，后藤又兵卫基次的先锋部队刚刚来到藤井寺。

他顶着大雨行动，总算按时抵达了这里，哪知竟又被浓雾团团围住。基次立刻集结将士，静待后续部队前来。

（一切就看今天！）

基次早就打算在今日光荣阵亡了。跟旧主黑田长政的纠葛，导致他离开黑田家之后，兀自不断受到骚扰，这一生饱尝坎坷。

又兵卫基次是年五十七岁。古代的五十七岁与现代截然不同。在当时，五十七岁之人已可用"老将"称呼。

自去年防守大坂城以来，基次的白发便与日俱增。

后藤基次隐身雾中，盘腿坐下歇息，一时不禁苦笑。

——吾之一生，今焉终结。

同样是这个时候，树林中的迫小四郎打算继续行动，从林中回到了大路上。

（咦？）

他慌忙伏下身子。有人影踏着浓雾而来，那是草者福治郎。向井佐助迟了一些。只因草鞋的带子松了，需要重新系好。

佐助对福治郎道："悠着点儿。"

福治郎答道："遵命。"

其实他倒不如何着急，只是这雾太深，他想看看这里到底是哪里，故而稍稍往前走了两步。浓雾扰乱了忍者的距离感。而迫小四郎由此瞧见了福治郎。小四郎贴地伏着。福治郎直觉有异，登时弯下腰来。

小四郎自知行迹暴露，暗想——时不我待！

第拾伍话

迫小四郎的双眼捕捉到了浓雾中的草者福治郎。他瞥了一眼，便立刻伏下身去。然而，福治郎察觉了小四郎俯身时的动静。

（谁？）

他跟着俯身察看，却没瞧见小四郎的身影。

短短一瞬之后……

迫小四郎的甲贺暗器"苦无"便击中了弯着腰的福治郎的脑门。

"啊……"

福治郎哀呼着倒下。迫小四郎又掷出两枚苦无，向后飘然一退。

那呻吟便是福治郎的遗言。福治郎瘫软倒地。

向井佐助听见了雾霭彼方的动静。

（咦？）

他立刻屈身调整呼吸，悄然将身子朝左前方挪动了两间距离。前方的福治郎肯定出事了。如此情势下，绝不可急着前进。前方之物，尚不明确。

追小四郎同样没放松警惕。见福治郎死了，他便再次藏进树林。

（绝对是大坂忍者！）

小四郎看穿福治郎的身份，便想到对方兴许会有同伴。虽无法将之活捉，但敌军忍者竟顶着浓雾行动，他不禁动了一探究竟之念。

——不入虎穴，焉得虎子！

忍者的功名欲望让小四郎热血沸腾。

雾霭重重，而向井佐助匍匐进了道路左侧的树丛。佐助和小四郎都趴在树丛里，中间隔着一条两间宽的道路。双方间隔只十五米，皆用整息之术克制呼吸，以消除动静。忍者的直觉告诉他们，近距离就有人潜伏。佐助和小四郎隔着福治郎的死尸，缓缓挪动。当两人的间隔缩短到十米时，终于确信了对方的存在。

佐助自腰间的皮袋中取出五枚投爪。

藤井寺的后藤部队充满紧张感。

大家被浓雾包围，虽知黎明将近，却不知具体时刻。

彼时，时钟自异国舶来，日本出现了"钟表匠"这一职业。织田信长、丰臣秀吉、德川家康等手握重权之人皆有所谓的"自鸣钟"，无奈这"自鸣钟"甚难制造，非常宝贵，无法普及到战阵之中。大多数人还是得靠当天的天气与经验来判断时辰。晴天自不用说，多云或雨天也有丰富经验，只有雾天是另一回事。

四周尽是乳白的雾，无可奈何。

作者我去年曾去游览法国的乡村。某个早晨，我离开布列塔尼的酒店，驱车开进浓雾，那一路竟花了平时三倍的时间。开车的青年感言雾天是最可怕的。

但是，后藤又兵卫基次确信黎明即将到来。

（莫非……）

莫非奈良的关东部队同样顶着大雾行动了？

后藤基次离开平野，正是不想被敌军占了先机。此际，他决定派斥候去探探情况。数名斥候立刻出动，两千八百余人的部队随后从藤井寺去往道明寺。

浓雾之中，行军甚缓。

藤井寺至道明寺大概有半里地。到了道明寺，便可望见生驹和金刚山地，穿过山地之间的狭间再行半里，便是国分地区。如前所述，关东的先锋部队早就集结国分。后藤基次本想比敌军更早控制国分，利用狭间地形将对方逐个击破。当关东部队自狭间涌向平野时，后续部队只要自河内平原东进，便会顺势将其击破。

后藤基次不光派斥候打探前方情况，又派出士兵联系后方的友军。然而，迟迟不见士兵回来。浓雾重重，事事不顺。许久，总算有个兵士回来了，报称由薄田、山川、明石组成的后续部队尚未抵达藤井寺。

"知道了，保持联系。"

"是！"

士兵原路折回。又兵卫基次一脸难色。昨晚他才跟真田幸村担保，后续部队不到位就不离开藤井寺，结果现下都将部队推至藤井寺之后的半里地了。

属于"前队"的薄田、山川、明石部队尚未抵达藤井寺，天晓得真田、毛利统率的"后队"何时到位。

后藤基次深知一切的罪魁祸首便是这浓雾，一时不禁踌躇。

（这该如何是好……）

突然，派去前方的两名斥候冲了回来，报称关东部队开至了国分一带。

"此话当真？"

"千真万确，兵力大概三千……"

国分地区盘踞了三千至五千敌军。

"知道了。"后藤又兵卫基次当机立断，喝道，"出击！"

当时，木村重成和长宗我部盛亲的万余部队正忙着出击。对方是从生驹山地西麓的高野街道杀向大坂的关东部队。

第拾陆话

向井佐助和迫小四郎的战斗尚未结束，而且其"战斗"不以真刀真枪相拼。

两人隔着横尸路旁的草者福治郎的尸首，按兵不动。唯有一次，两人各进分毫，在浓雾中辨认出对方的身影，投出苦无、投爪，无奈皆未命中。

佐助不免焦急。

（不可再浪费时间了，得快些去后藤大人的阵所通报左卫门佐大人之意……）

佐助深知，如此情势下，忍者最忌讳焦急。

倘若对方冲出树丛就好了，然而迫小四郎就是不肯现身。佐助一动，他便会随之跟来。从这灵敏的嗅觉推测，对方绝不简单。佐助有些紧张。他本想一点点和对方拉开距离，立刻扭头奔向藤井寺，但浓雾就是不散。

不知不觉，两人都躲进了道路一旁的树丛和草丛。

算算时间，朝阳该升上天了。雾色固然稍亮，浓度却全无变化。若无朝风将雾吹散，谁都束手无策。

向井佐助曾尝试在朝雾中拔腿狂奔，无奈小四郎的足音紧随其后。他亦曾回头投掷投爪，紧跟着却要躲闪对方投来的苦无。暗器划破白雾，但就是无法置对方死地。

后藤基次命山田外记担任先锋，攻打国分地区西方的小松山。山田外记率一百五十人冲向河岸，边开铁炮边向前推进，片刻后便顺利拿下山头。

"漂亮！"

基次微微一笑，登上了小松山。小松山和敌军的国分营寨咫尺之遥。先行占了山头，基次自然欣喜。

此时的国分地区不光有水野胜成等人的四千余先锋部队，更有伊达政宗（奥州仙台，六十一万五千石）的一万兵力。关东部队总计一万五千，而大坂打头阵的后藤部队才两千八百。

根据这几日来的东军动向，基次推测国分的敌军先锋不会有太庞大的兵力。

关东的总兵力将于今日（五月六日）展现全貌，摆开阵势无疑需要用相当漫长的时间。在那之前，大坂方面的后续部队足以来到这里。虽然坏了真田、毛利之约，但若没有那段雾中行军，又如何掌握小松山这片高地？

得知他先行离去，后续部队自当加紧前来。

后藤基次命士兵将他占领小松山一事告知后续部队。雾中传来枪响。大和川沿岸的关东部队和后藤部队短兵相接。

　　基次占领小松山这个制高点之后，便打算将之当成一砦，放手出击。哪知被大坂部队夺去小松山一事，关东先锋早就算计好了。

　　前夜，先锋部队的水野胜成曾登上小松山视察地形，同任先锋的松仓、奥田诸将皆称这山头非常适合布阵。

　　胜成没有采纳他们的意见。

　　后续部队的本多忠政亦派使者前来劝道："水野大人不如就摆阵小松山吧，由在下负责进军国分，如何？"

　　然而，胜成说道："如此小山，布阵又有何用？高者看似占优，一旦强敌攻来便无从招架。我们不如防守国分，待敌军拿下此山之后，自玉手（小松山北侧）绕去圆明（小松山西侧）夹击……"

　　这便是后藤部队轻易拿下了小松山的缘由。

　　后藤又兵卫基次确实是享誉天下的一大勇将。他以浪人战将的身份来到大坂城之后，众将士简直胜似跟了他二三十年的家臣。这一点直接印证了基次的人望和魅力。真田幸村亦然。

　　然而，正是这人望、魅力和风采，盖住了基次的致命弱点。

　　此话怎讲？

　　如前所述，基次自幼便受旧主黑田孝高的疼爱，孝高甚至遗憾基次不是他的亲生孩子。孝高的亲子，便是现下的黑田家当主——黑田长政。长政素来厌恶基次，真欲除之后快。

　　基次虽然是家臣之子，自幼的待遇却跟长政一样，以致长政继承黑田家之后，基次总拿不出对待"主公"的感情来对待长政。自从黑田孝高病逝，长政和基次这对主仆便摩擦不断，隔阂日深。只要长政有错，基次便公开批评，全不顾长政颜面。后藤基次是黑田家名臣，享誉天下，而黑田长政总被基次的光芒掩盖。

拥有如此经历的后藤基次，一到关键时刻，便会任由那激烈要强的个性摆布，从而疏忽了和周围人的协调。

来到大坂城之后，基次无疑拼命抑制自我，一忍再忍。基次年逾五十，其意见却罕被那些来历不明的浪人接纳。他由此意冷，但求壮烈阵亡，留下美名。

真田幸村亦然。若说这二人是为丰臣家而战，倒不如说是为自身而战。但是，幸村希望有效利用己方兵力，砍下家康和秀忠的头。反观后藤基次，则全然不将家康、秀忠当回事。

——我又兵卫基次但求死得其所！

后藤基次一生负气任侠，如今已是五十七岁。彼时的五十七岁，就相当于现代的老年，称"老将"亦不过分。堂堂的躯体看似一如既往，体力与精力则是大不如前。

言归正传……

五月六日的朝雾总算散去了些。起风了。

第拾柒话

向井佐助和迫小四郎正滞留藤井寺西方半里之地。

这一带（南河内）自古开化，有不少绳文、弥生时代的遗迹与古坟，而且密布着无数大大小小的沼泽和池塘。

微风吹起。

向井佐助不想耽搁下去，苦苦寻思着如何丢开迫小四郎的追踪。佐助对自身的脚力颇有自信。大雾散去时，足以抵达藤井寺的后藤基次阵所。他用尽了随身携带的投爪。想来对方的苦无亦是用光了吧。打扮成百姓模样的佐助仅剩怀中藏着的短刀一把。倒不是无法用短刀和对方肉搏，怎奈佐助身负重任，得快些抵达后藤基次的阵所才是。

佐助跑出沼泽岸边的树丛，朝藤井寺方向赶去。大雾渐渐被风吹散，田间小路显露出来。一个人影从佐助所在的小路北侧的路旁蹿出，正是迫小四郎。

再优秀的忍者，都无法在田地里奔跑。

迫小四郎的脚力让佐助一惊。只见他一个右转，冲到佐助前方。佐助无法可想，只得驻足凝视从对面杀来的小四郎，同时调整呼吸。

年轻的小四郎打算运用杰出的体力一举了结佐助，故而没有放慢脚下速度。

小四郎拔出短刀。他亦是百姓打扮，但把小刀当行囊般背在身上。佐助也从怀里掏出短刀，藏在身后，如老头般弯下了腰。在小四郎看来，佐助似是呆立原地，活脱脱一个用尽了身上武器的老忍者。

这正是他和佐助的差距。

小四郎越是接近佐助，就越是放慢速度。

突然，他掷出了仅剩的那枚苦无！

"嘿！"

渐渐散去的雾中，佐助单膝跪地。

（得手了！怕是能生擒活捉了！）

小四郎一路猛冲。突然，向井佐助凌空一跃。

"啊？"

小四郎猛然收足，仰头望去，只见向井佐助凌空掷出短刀。

"啊！"

短刀射中小四郎的右眼之际，佐助正顺着小路扑来。冲击和剧痛让小四郎踉踉跄跄。佐助顺势用身体狠狠上前一撞。迫小四郎的身子被撞进田地。向井佐助头也不回，沿着小路朝藤井寺方向奔去。

"混账……"

小四郎拔出右眼中的短刀，全力爬上小路。他痛苦喘息着，右眼鲜血直涌。

向井佐助抵达藤井寺时，后藤基次的先锋部队早就没了踪影。薄田兼相等人组成的后续部队亦告消失。犹有一丝薄雾，但天空更亮堂了。

（糟了……）

佐助忙又从藤井寺奔向道明寺。迫小四郎最后投掷的那枚苦无划破了佐助的左肩，幸无大碍。

前方右侧是被茂密树林覆盖的小山——应神天皇陵是也。

一个人影朝佐助跑来，像是个百姓女子，但步速非比寻常。

"阿江大人！"

佐助立刻狂奔相迎。阿江认出了佐助，高举右手，边挥边跑，继而一把抓住佐助的双臂。

阿江急道："道明寺那里开打了！大人是否知情？"

佐助摇摇头，道出执行任务时被关东忍者阻碍，福治郎不幸牺牲之事。

"唉……"

草帽下的阿江呻吟着。

"那我这就去道明寺……"

佐助刚要走，便被阿江拦了下来。

"迟了。当务之急是回去将此事禀报大人！我也折回去瞧瞧！"

"可……"

"无妨！把我的话带回去给大人便是！"

阿江的意见确实是最合理的办法。此时此刻突然见到脱离战阵的阿江，佐助大感欣慰。

"佐助，今天这一整天都别跟我失去联系，听明白了？"

“遵命。”

“见到大人之后，立刻折回来。”

“是！”

“快去吧！”

向井佐助转身欲跑，忽又停下。远处传来枪响。佐助回头，跟阿江面面相觑。

第拾捌话

浓雾散去，红日当空。布阵小松山的后藤基次挥兵鏖战了好几小时，犹不见后续部队前来。

基次数次率众杀进关东部队，虽然战绩不俗，怎奈兵力的差距太大。不久，伊达政宗的先锋片仓重纲自小松山南侧袭来，使用铁炮攻击。而松平忠明部队则从小松山东面攻来，突破后藤队的强烈抵抗，最终翻过山脊。

史称："基次以铁炮御敌，击退数次（中略）终受三面夹击，知无胜算……"

基次仰天长叹，说道："我决意葬身此地，只是战事刚开，尔等当暂且撤退，以备日后之战。"

然而，基次帐下的将士斗志昂扬，人人皆不肯离去。大家脑袋里根本没了丰臣家的影子，只想追随基次浴血奋战。

激战的动静不绝于耳，关东大军正在蚕食小松山的阵地。不仅如此，冲向南河内平原的关东部队甚至绕到了小松山的西侧。

“是时候了！”

后藤基次自顾自点了点头，将爱用的十文字枪当胸一横，缓缓环视四周将士。

他头盔下的双眼，仿佛是说："让我等一同赴死去吧！"

不久，他于小松山西侧杀出一条血路，冲下山去。山道被关东的枪林弹雨笼罩。基次砍倒一片敌军，率手下残兵至玉手村附近松林的前方摆开鹤翼阵。

从下山到布阵，后藤部队先后歼灭关东方面的两支部队。小松山上尚有不及撤退的残将，但关东的战旗转眼间便布满山头。那些残将全军覆没。

后藤又兵卫基次的脸上和盔甲上满是血污。

初夏的太阳当空照，关东的伊达政宗大部队抵达小松山山脚。

"确实该结束喽……"

基次望着那支大军随其余关东部队杀来，喃喃说道。他手下只有不到三百人了。附近大概会有些顽强抵抗的散兵游将，然而背靠松林的部队就仅剩这点人。

伊达大部队派出百余人组成的铁炮队。铁炮队当先而出，背后是长枪林立的大部队。强烈的阳光下，那一大片长枪银光闪闪。

后藤部队持着刀枪，单膝跪地，静待关东大军杀来——静待敌军送来的死亡。他们说是布阵，其实根本没有特殊的防范措施，很快就进了伊达铁炮队的射程。

铁炮队分成前后两列。下一瞬间，铁炮齐鸣，后藤部队的士兵纷纷倒下。适才呆立着的后藤基次将十文字枪一抡，横冲上前。

"哇……"

伴随着阵阵狮吼，后藤部队开始突击！

铁炮再次齐鸣。只见后藤基次魁梧的身躯一晃，渐失平衡，全靠家臣金方氏一把抱住。关东大军挺着长枪，渐渐靠拢。

金方氏悲呼道："主、主公……"

后藤基次淡淡一笑，说道："将我的首级……"说着便倒了下去。

他胸口中了一弹，另一弹则打碎腰骨。

除了金方氏，尚有另两个家臣扶着基次的身躯。

扑向前方的后藤部队如鬼神般迎击敌军。

嘴边冒出的血泡和白沫，打湿了基次的胡须。只听他再次说道："首……首级……"

基次让家臣砍下他的脑袋，埋到土里。家臣们立刻执行。之后，大家便联袂冲进了死亡的旋涡。

后藤又兵卫基次五十七年的生涯就此落幕。一说享年六十岁整。

基次统率的两千八百名士兵就此全面溃败。不久，薄田兼相等人率领的三千六百余骑到达此地，无奈关东大军早如怒涛般涌向了南河内平原。薄田兼相决意抓住这次机会挽回冬之阵的失态。然而他表现虽勇，却难挡敌军的大批铁炮。

德川家史录称："继后藤而来的隼人正薄田兼相被水野胜成家臣河村新八郎斩杀。井上小左卫门时利被菅沼权右卫门斩杀。水野日向守（胜成）大获全胜，命家臣将后藤、薄田、井上等人首级送往御所御阵，另统计剿灭人数……"

接获消息，将军秀忠大喜，赞道："大早晨就打了个大胜仗嘛！"

两名水野使者各得一枚金币之赏。

是日，道明寺前方一里半的八尾地区和两里有余的若江地区都不太平。木村重成、长宗我部盛亲跟南下的关东大部队展开激战。

关东大部队先锋由藤堂高虎（伊势津，二十四万三千石）、井伊直孝（近江彦根，十五万石）担任。前一日（五月五日）的傍晚，藤堂高虎率五千士兵早早进军信贵山（生驹山地）西麓的千冢。千冢是高野街道旁的村落，往西北行三里半路便是大坂城了。

同日，德川家康行至藤堂部队背后四里半的星田地区。将军秀忠的本阵挪至距离星田一里的须奈（砂）地区。

杀向河内口的关东部队好像有十二万八百余人，加上大和口的三万四千人，足有十五万五千之众。而史料表明大坂的全部兵力才七万八千两百余人。

需要说明的是，关东部队的兵力众说纷纭，有史料称其兵力高达二十万甚至三十万。本故事就以前述兵力为准。

大部队里，包括替伊豆守真田信之出征的长子河内守信吉的两千三百人。

泷川三九郎再度担任使番，不离大御所家康身畔。

五日当夜，德川家康召将军秀忠至星田阵营举行军议。藤堂高虎、井伊直孝陪同出席。藤堂和井伊抵达星田之后，家康宣布明日一早便开赴道明寺，静候敌军到来。由此可见，家康早就知道大坂出击部队的情况了。

藤堂、井伊立刻返回千冢，派出斥候。此时大雨停歇，迷雾四起。黎明时分，斥候回报称根据浓雾中的"人马动静"判断，敌军正去向八尾地区和若江地区。那正是来自大坂城的木村重成部队和长宗我部盛亲部队。

——家康、秀忠的大部队只会自高野街道而来。

木村重成的推测不错，却万没想到关东的先锋部队竟然早就到了。

当时，后藤基次的先锋部队刚抵达道明寺不久。

第拾玖话

德川家康尚未得知木村部队和长宗我部部队攻向八尾、若江的消息，皆因此事系黎明前刚刚决定，内奸没空禀报。

这便是家康让藤堂部队和井伊部队进军道明寺的缘由。如此一来，他们便可跟大和口至河内平原的关东部队联手突击后藤部队和真田部队。

藤堂部队紧急奔向道明寺，哪知大坂军突然来到其西一里的八尾地区。那正是长宗我部盛亲率领的五千将士，跟藤堂部队的人数相当，而且后方尚有木村重成的五千士兵。

藤堂高虎不敢不听大御所家康之命，只得兵分三路，命先锋奔向道明寺，先让部队按兵不动，再去请示后方的家康和秀忠。高虎本人则由十余部下陪着去了后方。

大雾直到这时才开始散去。

突然，高虎一拉缰绳，失口喊道："糟了！"

雾中隐约现出大坂出击部队的影子。

大坂出击部队正从八尾、萱振、若江一带拥来。

（没空请示大御所了！）

藤堂高虎掉转马头，让全部兵力分成六队，喝道："迎击！"

这一古战场正是后来大阪市郊的居民区和新型工厂地带，长濑川、菱江川、玉串川等河流间的泥田、杂树林及湿地犹能让人追想往昔光景。

却说藤堂高虎有一家臣名唤渡边勘兵卫，此番率八百余人出阵。本故事前文对此人曾有介绍。二十五年前的天正十八年，丰臣秀吉挥军攻打小田原的北条家之际，渡边勘兵卫是近江水口城主中村一氏的家臣。随军攻打小田原附近的箱根山中城时，他立了大功。

若无这位"长枪勘兵卫"的卓越表现，就无法一天内攻下该城。然而中村一氏竟欲抢夺家臣渡边勘兵卫的功劳，仿佛山中城是他独自攻下来的。如此不堪之人，根本不值得侍奉。勘兵卫对一氏失望透顶，就此挥别了中村家，隐姓埋名。

听闻此事，真田昌幸不禁叹道："竟放走如此勇士……中村式部少辅别是脑袋坏了？"

后来，渡边勘兵卫当了增田长盛（中村一氏之后的水口城主）的家臣。关原一役，增田长盛支持西军，结果封地全被家康没收，余生黯然寄居武州岩槻的高力家篱下。勘兵卫再度成了浪人。

顺便一提，增田长盛之子盛次进了大坂城，分得三百兵力，隶属长宗我部的部队。此事直接导致增田长盛奉家康之命自杀谢罪。

现下的渡边勘兵卫是东军藤堂高虎之家臣。就是说，五月六日一早，勘兵卫不得不杀向旧主之子。渡边勘兵卫是年五十有三，只见他当先一立，挥舞着最擅长的长枪，英勇奋战，在长濑川河岸上竖起马印，半点不肯退后。一众士兵都被这位老将的英姿鼓舞，奋勇争先。

是日一早，勘兵卫曾建议藤堂高虎集全队之力猛扑，但没被采纳。高虎其实想这样做，无奈老臣和重臣一致反对，故唯有将部队分成六个小队。高虎的五千余人正是因此才会深陷苦战。

藤堂家的重臣里不乏藤堂族人，高虎无法无视他们的意见。高虎重用新来的渡边勘兵卫一事，早就让重臣们非常不满。

"集全队之力猛扑"这一主张，跟真田幸村如出一辙。

然而，种种缘故导致双方无法集中兵力。大坂方的后藤基次部队溃灭，藤堂部队则是险些溃败。一番激战之后，藤堂一族的重臣、勇将共有六人战死。

纵观藤堂高虎一生的战史，就以这一仗牺牲最大。

"听我的就没事了吧。"渡边勘兵卫撂下一句话，又道，"都是主公说不服那群老臣，才酿成如此悲剧。唉，真是太悲剧了。"

藤堂部队被长宗我部盛亲打得溃不成军，只得设法聚拢败将。高虎几次派人去吩咐渡边勘兵卫撤离八尾地区，但打得正热闹的勘兵卫完全不理。

"横竖都这样了，撤退有个屁用！"

渡边勘兵卫率士兵来到长濑川畔之际，碰到了旧主增田长盛之子兵部盛次的队伍。增田盛次率百余士兵猛冲而来。

渡边勘兵卫不知来者是谁，只是摆正姿势，大吼道："杀啊！"

双方短兵相接。勘兵卫跑上河滩，双脚开立，挥动长枪。

突然间，右侧冲出一骑，长枪狠狠一扫，便把勘兵卫的头盔给弄没了。

“啊！”

渡边勘兵卫虎躯剧震，忍不住单膝跪地。回头一看，只见对方正微微一笑。

“少……少主！”

勘兵卫愕然。来敌正是旧主之子——增田盛次。

勘兵卫的那些主公里面，增田长盛最得他好感。而这个盛次幼年时更曾跟随他学习枪术、马术。

“少……少主……”

“又见面啦。”

增田盛次对勘兵卫点了点头，回马杀进后方乱军，不久便告阵亡。

双方收兵之后，藤堂高虎见部队伤亡太重，只得向德川家康求道：“死伤难以形容，明日之决战恐难效力，万望大人恕罪。”

家康一口答应。这一仗的惨烈，由此可见一斑。

战后，渡边勘兵卫辞别了藤堂家，再成浪人。藤堂高虎因无法说服重臣而误了战机之事，让勘兵卫失望透顶。

第贰拾话

长门守木村重成玉树临风，备受大坂城侍女的青睐。笔者年轻时曾听说他出阵之际，特意命新婚妻子焚名香薰了头盔。

木村重成一到若江，便看见浓雾彼方的关东大军。按照史料来看，重成兵分三路，右翼牵制南方的藤堂军，左翼则由其叔父木村宗明统率，备战奈良街道。木村重成的本队则留守若江之南，迎击藤堂部队后面的井伊直孝部队。因之，藤堂部队不光要对抗长宗我部盛亲的部队，又要防御木村部队的右翼。

木村右翼击破敌军之后，重成下令收兵，让右翼回归本队。只因大部队当时正深陷苦战。不，深陷苦战的不仅是木村部队，攻打木村部队的井伊部队亦然。

木村重成先让铁炮队去了玉串川的堤上，用枪响引来井伊部队。河川中、堤上、河滩上……双方互不相让，浴血厮杀。敌我双方的勇士皆是英勇杀敌，慷慨赴死。恶战持续不久，东军的后续部队便来帮助井伊部队。

木村部队无力再战，一时溃败。木村重成阵亡。

德川家史录称："长门守重成坚不撤退，以死志奋勇出阵，策马直冲大军。此际，井伊家老臣庵原助右卫门以十文字枪勾住重成之幌[1]，将其撂倒。重成坠进水田之中，众兵将其围剿。首级由安藤长三郎取下。"

重成本可随众撤回大坂，但他毅然不归，孤身勇闯敌军。反正就算现下一时不死，明日亦将目睹丰臣家的灭亡。大坂城形同裸城，他不想眼睁睁看着关东的大军屠城。

德川家康检查木村重成的首级时，嗅到了他头发上的阵阵幽香，不禁甚是歆歟，继而派人告知井伊部队不用再担任明日决战的先锋。

倘无后续部队的支援，井伊直孝怕是难逃一死。

木村重成和长宗我部盛亲没有援军相助，不管何等神勇，都唯有一死。而且，他们甚至都没打算联系道明寺的后藤基次部队联手迎敌。

大坂就是这样的一盘散沙。

长宗我部盛亲好不容易撤回城内，对跟着回来的老臣们叹道："大势如此，我们不如抓紧挑个地方躲躲好了。"

言归正传。且说毛利胜永部队（三千余人）以"后队"先锋之姿，先行离开了四天王寺，无奈浓雾重重，行军大不顺遂。

胜永想着前夜的约定，实难料到后藤基次竟当真不等后续部队到来，顶着大雾跑去了道明寺。照理说，毛利部队前方尚有"前队"的后续部队——薄田兼相部队，无奈他们都被大雾弄得不想前进。直到大雾散去，草者向井佐助才寻到毛利部队的踪迹，将道明寺一带开战之事告知胜永。

---

[1] 后背上防止中箭的袋状物。

毛利胜永和真田幸村相交甚欢，自然认得向井佐助。

"啊？后藤大人他……"

"可能性极大。"

毛利胜永大惊，忙道："我知道了，你快回去将此事告知真田……"

佐助立刻回头奔向后方的真田部队。大雾散了，便不用担忧迷路。

不知为何，后藤基次派向后续部队报信的传令兵一直不见人影，莫非逃了？

毛利胜永整队奔向藤井寺。此番行路跟在平原上不大相同。平原上能以战斗态势前行，眼下面对的却是水田、旱田和杂树林，无疑需要加倍谨慎。谁知道敌军会不会半路杀出？放眼望去全是些障碍物，连哪里有敌军都搞不清楚。

敌军来势汹汹。何况关东大军又不会只攻击后藤部队。因此，毛利胜永唯有派出斥候，结合其探来的消息行军。胜永抵达藤井寺之际，正撞上后藤部队和薄田兼相等后续部队的逃命将士。

听完他们汇报，真相浮出水面。

"混账！"

毛利胜永杀敌心切，然而冷静下来一想，只凭他一人之力又能如何。胜永和真田幸村有着同样的抱负，但求决战之日慷慨赴死。击败"前队"的关东大军早晚便会来到这藤井寺。果然，斥候带回了敌军的动向。

真田幸村的三千士兵抵达之前，要不要按兵不动？炎炎夏日的耀眼阳光之下，毛利胜永一时犹豫不决。

第贰拾壹话

向井佐助奋力赶路，总算将阿江的话告知了真田幸村。

听闻后藤基次不待后续部队到来便去了道明寺，而且跟大和口的东军先锋展开激战，幸村甚是苦恼。

（何以如此？何以如此……）

幸村想不明白。

那样的浓雾之中，后藤基次何以坚持行军？他早就瞧出基次但求一死，所以才再三嘱咐基次不要轻举妄动，一切等他和毛利胜永的"后队"抵达再说。更何况又有那种大雾……

——无谋！

浓雾中的行军，会将一里路生生变成三里，甚至四里。后藤基次这般战将，哪里会不懂此事？幸村难以释然。

一场浓雾，让大坂方面的各部队再难掌握关东大军动向。敌军先锋没准早就来到了附近地区。正因如此，真田部队前方的毛利胜永才会如此谨慎。

　　幸村见到向井佐助时，大雾早都散去，红日正当空。他给佐助安排了三名草者当下手，命其保持和阿江联络，盯紧关东部队。佐助接令，率三名草者离去。

　　挥军前行片刻之后，幸村打算从右侧迂回。前方尚有毛利胜永的部队，不迂回便难以赶路。幸村让暂时统管草者的宫冢才藏率三名草者离队，以便保持跟毛利部队的联络。

　　真田部队的正中央自然是真田幸村，幸村前方则是樋口角兵卫。角兵卫骑着栗色骏马，用左肩扛着那根嵌有铁条和铁环的六角棒。

　　（这个阿角，真让人捉摸不透。）

　　鹿角头盔下的幸村不禁苦笑寻思。

　　（好怪的一战……）

　　真田部队的先锋是高梨内记和幸村长子——大助幸昌。

　　自幸村踏进大坂城以来，有一大批真田氏本家的旧臣慕名而至，倘若再算上侍从，规模足有千余。

　　幸村身后不远，便是伊木七郎右卫门。

　　不久，向井佐助回来禀告阿江的第二批情报。大和口一带的后藤部队似乎有溃败趋势。幸村再一次加快行军速度。

　　"快！"

　　毛利胜永来到藤井寺之后，突然得知后藤基次和薄田兼相先后阵亡，一时不知该如何是好。更要命的是，后续的真田部队好像绕路去了住吉街道，目前尚无抵达迹象。关东的先锋部队正着手调整队形，只怕很快便会杀来。

　　（这下子真麻烦了……）

　　毛利胜永正急得干瞪眼，却见一个斥候跑了回来。

"左卫门佐大人就要到了！"

胜永脸上登时有了血色，大喜道"那太好了！"

史料称，当日上午十一时之后，真田部队的三千人自住吉街道疾行而来。

真田幸村望见了毛利胜永，立刻勒马停下。

"左卫门佐大人……"

"毛利大人！收到消息了？"

"收到了。"胜永刚刚收容了前队的溃兵，这时便把后藤基次和薄田兼相之死告知幸村，继而问道："我等现下当如何是好？"

"这……"幸村望向道明寺，说道，"唯有放手一搏。"

"但是……"

"但是？"

胜永说道："明天呢？"

言下之意，要保存兵力，以待明日。

真田幸村不反对他这个想法。然而，正因明日尚有一役，现下才更要抓住机会打关东一个措手不及。否则大坂的部队无疑会战意低落。被失利的阴影笼罩着迎接明日决战、痛击敌军之后再行撤退……这两者的结果截然不同。

"不，我们不如放手一搏，"幸村胸有成竹，对胜永说道，"若是就此撤退，恐有损明日……"

"大人所言极是。"

不用幸村说出"士气"二字，毛利胜永便理解了。

第贰拾贰话

真田、毛利的"后队"大概有一万两千人。

"先由我行动吧……"

幸村率手下三千士兵自毛利部队的右侧去了誉田地区。伤痕累累、疲惫不堪的"前队"则撤向背后的大坂城。

当天早晨的大雾之中，阿江和佐助碰面的地点正是誉田一带。

据《古事记传》有关誉田地区和应神天皇的内容来看，誉田地区似乎分布着大量的古坟和陵墓。

真田部队来到山脚下的松林丘陵附近，调整队形，以备各种情况。幸村给了高梨内记和儿子大助五百士兵，让二人布阵丘上。

盛夏的太阳高高挂着。

从天王寺行来的这一路上，大部分时间都走得比较缓慢，所以将士们尚未疲倦。

真田部队悉数身着红装，战旗亦是一片火红。这一番"赤备"曾让冬之阵的关东大军叹服。

关原之战中立下赫赫战功的井伊直政，正是以"赤备"闻名天下。怎奈直政病逝之后，井伊部队就没了使用"赤备"的胆量。

"赤备"对敌我双方皆是无比惹眼，一旦跟敌军短兵相接，形势便一清二楚。这不光是红装部队的优势，亦是劣势。红装会让负责指挥的将帅立刻知悉战况。然而，这不是幸村选择"赤备"的理由。

幸村此举，只是要将真田氏的兵略昭示天下。若无自信，便无法毅然选择红装，而这份自信则由冬之阵展露无遗。

"真田幸村来了！"

"竟然真是赤备军啊……"

真田部队前方的伊达政宗部队望见誉田附近的丘陵上布满红旗，登时摩拳擦掌，便欲冲上来一较高下。

"似乎是个好敌手啊！"

伊达部队虽然给了后藤基次等人的"前队"致命一击，自身的一万人却几乎没有损伤，这时便上前替下了关东先锋水野胜成的部队。该部队适才跟后藤部队浴血厮杀一番，此际正是疲惫不堪，难以再战。

只见伊达部队的片仓重纲一挥令旗，骑兵分成前后两队，铁炮队则分成左右两翼，摆出突袭架势。

"进攻！"

"哼……"

见状，真田幸村亲自指挥铁炮队背靠松林，准备迎击。幸村本部的前方是真田幸昌和高梨内记的长枪队，肃然凝立，望着伊达骑兵队冲上前来。伊达骑兵队由左翼铁炮队支援，大举突击。敌我双方的呐喊和枪响乱成一团，混战由此开始。

幸村的新家臣渡边糺率一些士兵自侧面杀进了伊达部队。

幸村命摆开阵势的铁炮队按兵不动。一百五十人组成的铁炮队中，有半数是真田昌幸的旧臣。他们对幸村的指挥深信不疑，虽然目睹厮杀，亦是纹丝不动。看到他们的样子，其余浪人士兵都渐渐控制住了情绪，静待前冲之机。

十四岁的真田幸昌表现神勇，简直不像青年。只见他挥舞长枪，刚将敌人挑下马去，旋又刺中敌方身躯，鲜血四溅。

樋口角兵卫守着真田幸村的左侧。幸村和角兵卫都下了马。

渡边糺身负重伤，退了回来。真田部队的先锋正被敌军骑兵一点点瓦解。确实不愧是"奥州独眼龙"伊达政宗的部队。幸村命先锋散开，传令兵飞奔而去。红色战旗左右挥舞，发出信号。苦战中的先锋士兵立刻散去。伊达部队势头正劲，立刻杀向正对面的真田幸村本部。

幸村吩咐铁炮队道："别动！"

跑回铁炮队前方的一队士兵眼看着被伊达部队击溃。

"哇！"

当伊达部队高呼着冲向幸村的大部队时，幸村喝道："开火！"

真田铁炮队开枪射击。

伊达部队这才醒悟不慎冲进了铁炮队的射程，一时纷纷中枪，将尘土震到半空。战马中枪倒地，被抛下马背的士兵们刚刚站稳，长枪尚未拿好……

真田铁炮队的后方，手持长枪的五百将士杀了出来！

真田幸村纵身翻上马背，青竹指挥杖随手挥舞，退至后方。

樋口角兵卫和两百余浪人士兵齐齐冲向伊达部队。

角兵卫甚至都没骑马，只是挥舞着那根六角棒，一会儿给敌军马腿一棍，一会儿又扫向敌人的头部和身子。哪怕穿着甲胄，吃了角兵卫的六角棒都不免口吐鲜血，毙命身亡。

眼见辛苦调教的精锐骑兵溃不成军，片仓重纲惊怒交加，忍不住抽出太刀，亲自上前杀敌，结果败退至誉田村庄附近。

这时，伊达政宗的大部队自后方来到，替下了片仓小队。

真田幸村下令撤退，将全队收至野中村的近郊，跟毛利胜永部队会合。

"瞧见了没？"

幸村随口问身旁之人。

"有幸目睹。"

"他们果然上钩了。"

"正是。"

"明天一样要好生牵制住了。"

"得令！"

要想突破大军，直取敌方的指挥官，首先就要牵制住敌方人马。否则战场便将不断变大，兵力处于劣势的部队由此异常疲劳，继而被敌军困住。先将敌人吸引住，再一举突破，便有望杀至敌军本阵。

方才的对手若是德川家主力部队，幸村就会用上他和胜永的所有兵力，不断攻向敌方。

真田大助幸昌负了伤，骑马退回父亲面前。在两名士兵的帮助下，大助下了马。他身上有好几处伤口，脸上满是敌人的鲜血，左大腿被长枪狠狠刺了一下。

大助以折断了的长枪充当拐杖，缓缓走到父亲面前，露出微笑。

沾满鲜血的脸上露出白牙。

"嗯，嗯，嗯……"

幸村不住点头，那眼神仿佛是说："干得好！"

大助一笑，行了一礼。他的个头比父亲幸村要高，那表情却犹自透着一股稚嫩、天真。幸村望着士兵搀扶儿子进了树荫，消失不见。

毛利胜永不禁感叹道："了不得……"

幸村亦知这绝非客套。胜永炽热的目光让他有些难堪，一时黯然低头。

此际，集结誉田的关东先锋部队正商讨要不要攻打真田、毛利两队，继而直冲大坂城。不知不觉，夕阳西下。微风中弥漫着血腥味。

"将士们早都累了，我们不如就此收兵，明日再战。"

最终，关东部队接受了伊达政宗的意见。

见敌军无意追击，真田幸村便翻身上马，说道："那我等就顺势退兵吧。"

众人就此撤回大坂。那是傍晚五时许的事情。幸村负责殿后。

敌我双方的死伤情况大致相同，然而大坂方面痛失了后藤、木村、薄田等数位战将，无疑损失惨重。

听闻木村重成战死，大坂城的侍女们都是泪如雨下。

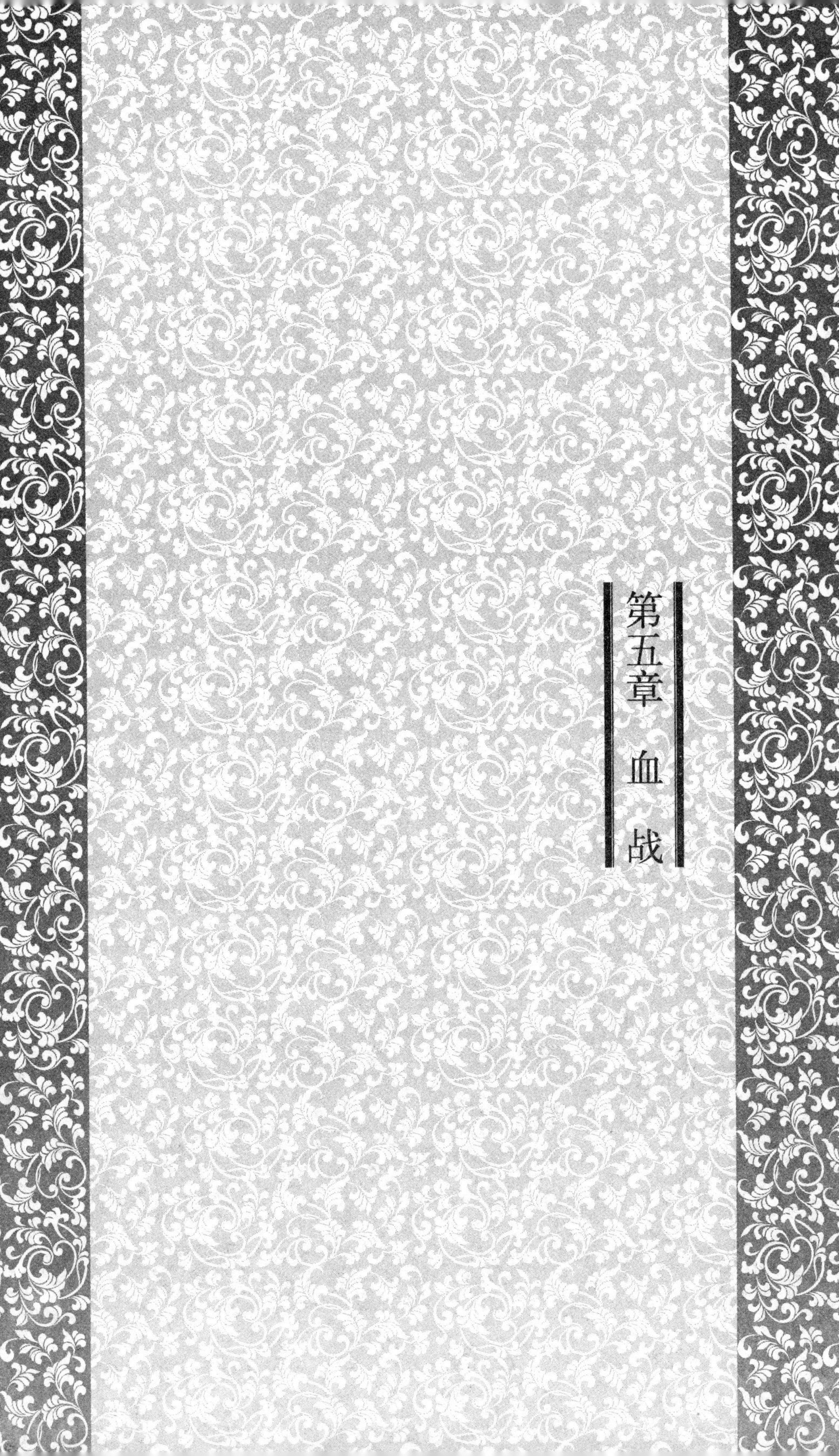
第五章 血战

第壹话

阵所十分简陋。真田幸村从南河内战场撤回大坂的途中，吩咐做好布阵茶臼山的准备。五十余人离开队伍，抢先抵达大坂，按照幸村的指示准备各项事宜。用木板围个五坪小屋，再搭个屋顶，便是幸村明日决战前的休憩之所。

撤退途中，幸村将此事告知了毛利胜永。

胜永答道："那我就去四天王寺的南侧吧。"

初夏的白天很长，可来到茶臼山阵所时，太阳都落山了。众将无暇歇息，聚至真田阵所商讨明日决战一事。大野治长、大野治房、冈部则纲、明石全登、御宿政友等人都来到真田阵所开会。

大野治长被刺时受的伤尚未痊愈。他憔悴不堪、面如菜色，却微笑着慰劳真田幸村和毛利胜永。

"辛苦二位了。"

"明日便是最后一战，"幸村当着诸将的面，朗然说道，"尚望右府大人出征。"

诸将均有同感。

瞧瞧关东军——将军德川秀忠自不用说，就连七十四岁高龄的大御所德川家康都亲自上了前线。反观大坂冬之阵，总帅右大臣丰臣秀赖根本没去战场露面。

"如此战事，真是前所未有……"

不少浪人战将长吁短叹，甚至怒气冲冲。

丰臣秀赖才二十出头，自无战阵经验，长年累月的运动不足又使他心宽体胖，若是穿上盔甲……

"怕是要口吐白沫，活活憋死喽。"

暗地里嘲笑之人不胜枚举。

然而，明日便是最终决战。无论胜败，明日便是一切的终结。正因如此，丰臣秀赖才该站到总帅的金瓢马印之下。真田幸村坚信，一旦见到总帅尊容，军心就会大振。

这一役胜算虽小，却不是一点希望都没。若大野治长接受这一提议，继而付诸实行，他们甚至有望拿下家康、秀忠父子。如今仍留在大坂的战士，都有必死的觉悟。指望取胜后的恩赏或是贪生怕死之辈，早已逃之夭夭。

幸村坚信，如今的大坂将士，均为"千挑万选"的精兵强将，定能在战场上有神勇表现，今日的南河内之战便是明证。

"望右府大人出马！"

会议席上，真田幸村的提议引起了众将共鸣。

大野治长苍白的脸上微微有了些血色，用力点了点头。

"好！"

真田幸村叮嘱道："千万拜托了。"

治长立刻答道："我明白。"

大野治长一行返回大坂城之后，诸将纷纷回到各自阵所。夜已深，但尚不到休息的时候。大家皆要派兵布阵。

幸村召来宫冢才藏、曾根十藏、中原丈助及向井佐助，下了给草者的密令。

众草者将走上战场，以"战忍"之姿最后活跃。

草者离开阵所，幸村又唤来高梨内记，问道："大助呢？"

"要不要我去喊来？"

幸村闭上双眼，犹豫道："我想想……"

"他睡得正香呢……"

"大助他……"

"不错。"

"睡得正香？"

"是。"

"唉……"幸村微微一叹，旋又欣然笑了，回头向身后的向井佐平次道，"那小子竟然睡着了。"

一直低头不语的佐平次不禁一笑。幸村白天时不准他跟着出战，让他非常不满，从幸村回来就拒不开口。

"喂，我不是回来了嘛，所以白天才让你留下，"幸村盯着佐平次，解释道，"这样一来，明天就可以一齐出阵啦。"

佐平次不言不语。

"这你总满意了吧？"

佐平次保持沉默。

高梨内记离开阵所，去确认大家的布阵是否符合幸村的指示。

"佐平次，明早待我醒了，便把大助喊来。"

佐平次总算开口说道："遵命。"

"佐平次，你多大了？"

"比大人虚长三岁。"

"嗬……"幸村瞪大眼睛，打量着佐平次那稀疏花白的头发，"那便是……五十二岁。"

"四十九加三，当然是五十二了。"

"对，哈哈哈……你这家伙，真是一点儿都没变。"

这对主仆初见面时，幸村才十六岁，向井佐平次则是十九岁。当年的真田幸村就跟现下的大助一样大。

"佐平次，你还使得了长枪吧？"

向井佐平次淡然一笑，出了阵所。

接下来出现的，是前来商讨明日策略的伊木七郎右卫门。

第贰话

是夜，将军德川秀忠本阵推至千冢，而大御所德川家康则下榻枚冈。

西北方两里半至三里之间，便是那大坂城了。

德川家康将白天苦战的藤堂、井伊部队放到将军秀忠麾下，打算明日自冈山口进攻大坂城，任命加贺的前田利常担任先锋。

而家康本人则进攻天王寺口，以本多忠朝（上总大多喜，五万石）担任先锋。

本多忠朝是故去的本多平八郎忠胜之次子，而伊豆守真田信之的妻子正是平八郎忠胜之女。就是说，忠朝是信之的内弟。忠朝之兄忠政继承了亡父忠胜的家业，随军攻打大和口，结果忠朝却被编进了明日进攻天王寺口的部队。

说到明日担任先锋的忠朝，有这样一段逸闻值得讲讲。

冬之阵时，忠朝见他负责的玉造口密布沼泽、泥田，觉得不便杀敌，对家康的部署有些不满，表示希望被掉到别的进攻方向。由此可见他确实继承了父亲忠胜的武勇。关原一役表现出彩的忠朝，当年十九岁，现下则是三十四岁的中年。

听完忠朝的冲动之语，德川家康大喝道："蠢货！"

诸将皆想立功，纷纷提出调换部署。若是开了先例，这仗如何打得下去？更何况这忠朝是家康老臣忠胜之子，是嫡系中的嫡系，跟家康至亲无异。因之，家康实无法接受忠朝之求，否则如何服众？

"见你口出狂言，你九泉下的父亲如何瞑目？蠢货！简直有辱平八郎英名！"

家康将忠朝训了个狗血淋头。忠朝脸色铁青，恨恨瞪着家康。这件事，本多正信和其余家臣当时都看见了。

冬之阵时，家康抓住各种机会训斥忠朝，甚至说道："回去学学你兄长美浓守！"

真田信之曾称赞美浓守忠政是"世间罕有"的温厚之人，行事极其周到，是个天生的政客。忠政年轻时曾率众接收上田城，结果被真田昌幸狠狠收拾一番。后来，忠政总是将功劳让给他人，甘居幕后。家康最欣赏的便是这点。

"这才是德川家家臣的品质。"

冬之阵结束后，本多忠朝很是郁闷。这次的夏之阵，他抱着死志出阵。

——非要让大御所大人好好瞧瞧我忠朝的表现！

"这样啊……"

见状，德川家康只得将天王寺口先锋的重任派给忠朝，暗想他此去怕是回不来了。大坂冬之阵时，守方的反击之猛简直出乎意料。家康设法填平了城壕，却委实想不到那些坚持到最后的城兵竟肯舍身一搏。虽然灭了后藤、木村、薄田等将，无奈家康倚重的藤堂、井伊部队均遭重创，甚至无法担任明日决战的先锋。

无人知晓明日将是何种局面。更何况城内尚有那个左卫门佐真田幸村……

就先让斗志昂扬的忠朝去攻打幸村防守的天王寺口吧。

有关大坂部队阵形的情报接连而来，一举一动皆不出家康掌握。其中不乏城中之人的密告。

家康用罢晚膳，接见了孙儿松平忠直的使者——家老本多富正、本多成重。

松平忠直希望担任明日的先锋。此人现年二十有二，是家康次子结城秀康之子。他继承亡父的六十七万石封地，现任越前北庄（福井市）城主。

忠直的倔犟劲跟本多忠朝如出一辙。

面对两名使者，家康开口便斥道："少将今天是不是睡午觉去了！"

"啊？"

两位家老面面相觑。

人称"越前少将"的松平忠直无视藤堂、井伊两队苦战，没有派兵增援，因此家康才怒斥他是不是睡午觉去了。其实，忠直只是遵从祖父家康"不得擅动抢功"的命令罢了。家康自不会不明此理。他只是想借机激怒悍马一般的孙儿，让他像本多忠朝那样拼死一战。

本多忠朝诚然不亚于家人，而松平忠直更是家康的亲孙子。家康只会对家人使用这种激将法。唯有德川家的亲兵奋起，才会带动其余大名。

"少将如此懒惰，成何体统！"

家康撂下狠话。两位家老脸色惨白，回去向松平忠直复述了家康的话。

"唔……这太……太……我只是遵照大御所大人的指示啊……"忠直恼怒得浑身发抖，狠狠跺脚，"哼，大御所大人是让我别拘泥指示，大展拳脚吧。"

他甚至有些自暴自弃，大喊道："来人！备战！"

是夜，松平忠直擅自点齐一万三千名将士，举着火把来到天王寺口布阵。

德川家康接到消息，面子上甚是难堪，暗中却非常欣慰。

（如此便好……）

家康明白，孙儿此去，怕是跟忠朝一样回不来了。然而他甚至期待孙儿阵亡。只有那样，他和秀忠才会树立威信……

家康下了军令。

"明日决战，一万石负责正面一间！"

混战中容易混淆敌我，是以家康想了一个暗号。

"采乎？山乎？"

答案是："采。"

他又命各部队将指定的布条系至右肩。

此时，茶臼山的真田阵地忽然没了樋口角兵卫的身影。

第叁话

"许久、许久以前的别所温泉……我第一次见到左卫门佐大人时……"

真田幸村忽然想让向井佐平次把角兵卫喊来，这才发现角兵卫不知所踪。

否则，此事怕要到明天才知。

真田部队无人答理角兵卫，角兵卫亦不想跟他人接触，总是独来独往。三名足轻负责照料角兵卫的日常生活，但那只是念着他是幸村的亲戚罢了。他们背地里都说角兵卫的坏话。

"角兵卫大人就跟大怪物似的，被那死鱼般的独眼盯住时，真是不寒而栗，这还是夏天呢！"

"说得是呢，那家伙真恐怖……"

得知幸村要见角兵卫，他们便开始四下搜寻，无奈一直不见人影。

听闻此事，真田幸村若无其事，点头作罢，甚至都没让足轻们继续搜寻。

话说回来，角兵卫白天的表现不错，确实有"鬼神"之勇。阵中将士纷纷谈论他那奋战的模样。

"快找！"

真田氏本家的旧臣们分头行动。经查，最后见到角兵卫的是一个名唤坚田兵七的大谷家浪人，那都是一刻（两小时）前的事儿了。当大野治长一行结束会议欲撤回大坂城时，坚田刚好瞧见治长之弟治房的一个家臣正跟角兵卫交谈。

真田幸村听完禀报，只是冷冷一笑。

高梨内记问道："该不会是随大野治房大人回城了？"

幸村答道："罢了，由他去吧。"

他本想大大称赞角兵卫一番，这才派人去喊，哪知这家伙决战前夜竟没影了。

（怕是不想再跟着我了吧……）

角兵卫秘密失踪了。但是，无论角兵卫怎样，现下的幸村都懒得管了。

东西两军的正面对决就要来了。这一次，不需要计策和谋略。

最重要的战术要留到明早相机确认。

会彻底支持真田部队的人，唯有毛利胜永。

适才，幸村跟大坂战将明石全登合计了一番，全登允诺派三百余人布阵船场。

关原一役之后，宇喜多秀家被流放到伊豆地区的八丈岛。明石全登正是秀家的家臣。而且，他是一名虔诚的基督徒，教名杰邦尼。当真田、毛利跟关东大军打得火热之际，他将杀出船场，直取家康。

全登全盘接受了幸村之计。他帐下的三百骑兵本来就是机动队。

刚刚开会时，幸村悄悄向同席的全登低语此计，余人皆不知情。全登听得两眼放光，立刻点了点头。

大坂的兵力不足关东三分之一，如何守得裸城？

唯有取下家康父子，尤其是大御所德川家康人头这一条路！

"好生歇息去吧，"幸村对高梨内记道，"让大助来。"

"是。"

"要是有事，随时喊我。"

"明白。"

"啊，等等。"

"好。"

"你刚刚说大助睡得正香？"

"不，我这就将他带来吧……"

大战将临，内记自然想让父子俩共度一宿——不，他实是看出了幸村此意。

"别……"幸村说到一半，苦笑道，"就让他睡吧。"

"但是……"

"明日一早让他来就行了。"

"好吧。"

"就这样了，内记，你都累坏了吧？快回去歇息吧。"

茶臼山阵营一隅，向井佐平次、佐助父子正喝着酒。

冬之阵时的茶臼山本是大御所家康本阵，现下却成了真田幸村的阵所。茶臼山自古以来就有一别名——荒陵。据《日本书纪》载，仁德天皇本想来此营建皇陵，哪知动了工又察觉地形不佳，半途而废，导致这里成了一片荒地。

茶臼山目前虽然是游乐园，但犹自带着些"古坟"风貌。

　　战国帷幕被拉开之后的天文十五年，细川晴元曾来茶臼山设砦，而且挖了一些战壕。

　　茶臼山的西北角，便是之前德川家康下榻的一心寺。这地方保存得甚是完好，只有一个遗憾——今年初夏，作者我想去该寺看看有没有类似"德川家康营所之址"的石碑，哪知竟一块都没寻到。一路同来的朋友见了，随口说道："这儿是大坂的寺庙，怕是没把关东的家康当回事吧。"

　　真田幸村不打算学家康使用一心寺。冬之阵罢兵之后，关东方面彻底拆除了茶臼山阵所设施，唯有一心寺东侧留有家康阵所大门。

　　自茶臼山向南望去，虽无法将大坂平原一览无余，视野尚算宽阔；而朝北望去则会瞧见远方的大坂城天守阁，从而大致掌握本方部队的动向。大坂平原自南向北几呈坡状，所以才会有如此效果。茶臼山附近满是洼地、山谷、池塘、沼泽，地势甚佳，尤其适合迎击明日从南方杀来的关东大军。

　　向井父子来到山谷间背靠树林的地方，饮着竹筒里的粗酒。不知是否长年分离所致，这两人都很沉默

　　"呀，险些忘了……"向井佐平次从怀里取出一个小包，"烤年糕，吃吧。"

　　"谢父亲。"

　　"佐助，你多大了？"

　　"三十一了。"

　　"啊？"佐平次大吃一惊，"你再说一遍！"

　　"三十一了……"

　　"此话当真？"

“当真。”

“唔……”

恍然如梦。

（我儿子都三十出头了……）

“父亲……”佐助吃着烤年糕，说道，“您有五十二了吧？”

佐平次的眼泪突然涌了上来。

“真……真难为你记得我的年纪……”

“孩儿当然该记得父母年纪。”

“可是……我却不记得你的年纪了……”

“父亲常年追随左卫门佐大人，不在上田……”

“对不住……”

“父亲，您言重了。”

“我是个不称职的父亲……”

向井佐平次低下了头。佐助伸手摩挲着父亲的背脊。

片刻之后，佐平次才又说道：“许久、许久以前的别所温泉……我第一次见到左卫门佐大人时……”

“啊……”

“那一年，大人才十六岁，而我是十九岁……从别所回真田庄时，我有幸骑上大人的马，大人甚至让我搂住他的腰……”

“啊？”

“当时，大人对我说……我觉得你我有一天会一同死去啊。”

佐助不觉一呆，问道：“此话当真？”

“千真万确，”佐平次凝视着儿子的脸，“想不到三十余年之后，果然如此。”

向井佐助素来冷静，此际亦不免暗暗称奇。

"大人这般豪杰，怕是前无古人后无来者……"向井佐平次感慨万千，又道，"可惜我没给你母亲、妹妹做些什么。到了明天，我这微不足道的一生，只怕就会了结……"

佐助默默搂着父亲。

阵营的篝火染红了天际，抱着死志的将士们长笑不绝。

不久，前去刺探敌情的草者带回急报。

松平忠直率一万三千余人，手持火把，抢到德川家康任命的先锋本多忠朝之前，黛夜行军而来！

草者中原丈助看到该部队的动向，立刻跑回来告知幸村。

"查得好！但你其实不用……"

幸村话说到一半，中原丈助便打断道："不，这是阿江大人探到情况，刚刚去桑津村告诉我的……"

"啊？是阿江？"

"正是。"

想想阿江的性格，这倒是合情合理。

（嘿……竟然让越前少将当先锋啊……）

家康和他二十二岁的孙儿松平忠直都出阵了。家康斗志昂扬，非比寻常。

（大御所倒真急切……）

幸村不禁苦笑。他懂得家康正反复鞭策着关东部队——不，是不得不鞭策。若不将最后的障碍（丰臣家）彻底消灭，家康无疑寝食难安。换了是十余年前的德川家康，就不会如此焦躁。

家康自知寿数要到头了。

（临死之前，我要……）

——我要彻底巩固德川家的政权！

如此执念，让家康无法再等。关原之战以后，人人皆知德川家的天下坚如磐石。天皇、朝廷甚至全国大名都知道丰臣家正江河日下，德川家委实不需决战。假以时日，他们随便用点政治手段就足以如意。最高明的方法，就是家康死后由德川幕府的第二任将军秀忠来完成这项任务……只有那样，才会让天下看清德川家的从容。

冬之阵以来，关东方面的诸大名损失了巨大的人力物力，纵然辛苦取胜，亦只有丰臣家的七十万石地盘分给大家。关原一役有西军那些大名的封地供瓜分之用，这次就完全不一样了。大坂的那些浪人战将没有俸禄，更没有封地。对关东方面的那些大名来说，这一仗无疑半点不值得打。因之，他们只有两种想法——敷衍一下，避免损失；要不然就立下奇功，以求重赏。

家康深知这些人的想法，所以才会慎重安排部署，禁止大家擅自行动。他明明知道当先锋便是枉死，却毅然派出了自家战将。

大坂冬之阵结束后，老谋深算的德川家康千方百计撕毁和约，单方面将丰臣家拖进再战的泥沼。丰臣家的应对之蠢固然令人咂舌，但是，正如幸村之言——

"大御所家康如此荣光，竟落个晚节不保。变老真是可怕。"

旁人都觉得家康这次真是好没来由。然而，家康曾经历别人从未经历的艰难困苦，眼前这个"德川家的天下"实难让他安然撒手。

"知道了，凡事皆留待明日再议。"

真田幸村根本不拿松平忠直的急行军当回事，说完这句便回屋躺下，闭上双眼。向井佐平次犹自未归。

第肆话

一条大河宽阔得犹如大海，里面充满惊涛骇浪。

真田幸村骑着栗毛骏马，奔进河中。大雪纷纷飘落，彼方的对岸却异常清晰。岸上有个人影，同样骑着骏马，高举右手向幸村示意。

那是幸村之父——安房守真田昌幸。

昌幸束着黑发，昂首挺胸骑着白马，一袭雪白战袍。

他微笑着向幸村挥手。

"源二郎……源二郎啊……"

父亲呼唤着幸村的乳名。

"父亲……父亲！"

滚滚浪涛中，幸村奋力前行。然而，无论他行了多少路，对岸的父亲仍是如此遥远。幸村踹着浸在河水中的马腹，奋不顾身。马儿的确在跑，怎奈对岸的父亲昌幸就是遥不可及。

"父亲……"

昌幸放下高举的右手，微微摇头，忽然一掉马头，似欲作罢。

"等等我，父亲，等等……"

幸村呐喊着。然而，昌幸头都不回，就这样消失于雪幕之中。

"父亲……父亲！"

梦中的狂呼，让真田幸村惊醒。

"是……是梦啊……"

梦虽然醒了，却仿佛仍在梦中。水底般的光亮在小屋中摇晃。

黎明将至。

"啊……"幸村忽觉一名女子正盯着他的脸，"阿江？"

"是。"

"为何又回来了？"

"想再见大人一面……"

"嗯……"

向井佐平次出去了，大概是跟佐助共叙天伦，依偎着就睡了。

"阿江，快离开这里吧。"

阿江不答。黎明的亮光让幸村难以看清她的表情，只知道有一双闪闪发光的眼睛正凝视着他。

"阿江，你不会是打算上战场吧？"

阿江默然。

"万万不可。"

阿江垂首。

"彦根的横泽与七、下久我的权左……那些活着的草者都要靠你照料。"

阿江没有说话。

"明白没有？"

阿江点头。

"那便好。去吧。"

"是。"

阿江和幸村四目相对，一时不语。忽然，她将脸贴近仰卧着的幸村。

幸村闭上双眼，黯然斥道："你倒是走啊！"

阿江的唇贴上了幸村的唇。

隐约听到了军马嘶鸣。

阿江的唇缓缓松开。幸村睁开眼时，阿江的身影没了，屋里只余下一丝体香。

须臾，真田幸村翻身坐起。向井佐平次走了进来。佐平次身着足轻甲胄，上面贴有六文钱图案的金箔，戴着镔铁头盔。

冬之阵去，夏之阵来，这是佐平次第一次穿上甲胄。

这一身足轻甲胄，尚是他昔日住上田城时让城下工匠锻的。当时，幸村本想让他照着自己的盔甲打一副，佐平次婉言谢绝。

"岂敢和大人一样……我穿足轻的正好，轻巧灵便。"

幸村只得笑道："真拿你没办法。那就贴张六文钱图案的金箔吧，毕竟是真田家的家纹。"

此番出阵，真田幸村的马印和战旗上用的都是六文钱家纹，以免让关东阵营的侄儿真田信吉难堪。这亦是对兄长信之的尊重。

"挺不错嘛……"

幸村啧啧称赞着身着甲胄的佐平次。

自德川军攻打上田之后，幸村就再未见到身着甲胄的向井佐平次。那是天正十三年初秋的事，向井佐平次二十二岁，其长子佐助正是那年出生。后来，太阁秀吉出兵朝鲜，真田父子跟去九州名护屋的本阵，佐平次一路带着刚打造好的足轻甲胄，结果没机会穿。真田部队没有踏上大洋彼岸的朝鲜战场，而是留下待命。

"好个英武战将！"

幸村眯着眼睛，赞不绝口。

佐平次淡淡说道："主公说笑了。"

"不，不，这真不是说笑。不愧是武田家长枪队的人，确实英武！"

"大人，您就别逗我了……"

"佐平次，我哪里会骗你。"幸村肃容道，"年轻时的本领，一辈子都忘不了。"

说来确实如此。佐平次穿上阔别三十年的足轻甲胄，竟没有半点不协调感。

"好，不错，很好！"幸村不断点头，露出迷倒众生的微笑，"向井佐平次，就让我们一同赴死吧。"

那话音、那语调，何等淡然。仿佛是说——

"佐平次，咱们小酌两杯。"

佐平次淡然颔首，说道："遵命。"

"佐平次，想想我二人初见之时，我便有将会同日赴死的预感。"

"大人那日的一言一行，我历历在目……"

"年轻时的光景，犹自栩栩如生呢。"

佐平次微微一笑，说道："是啊。"

"父亲……"

此时，真田大助来到小屋，高梨内记和青木半左卫门跟着进来。

"大助，听说你睡得不错？"

"是。"

战场的疲劳击败了大腿的伤痛。大助刚睡下时确实睡着了，不料半夜又被伤口生生痛醒，辗转反侧直到天明。因之，他双眼通红，脸色发青，神情却颇平静。

大助身上是海昌蓝底配红日花纹的盔甲。

昨日激战中，那盔甲染满敌方鲜血，幸好向井佐平次将之洗得一干二净。盔甲里面的贴身衣物自然都换了新的。平日里难以捉摸的佐平次，竟帮真田父子想得如此周到。

真田幸村吩咐佐平次通知大家备战，继而转向大助，温言微笑道："今日，不要离开为父一步。"

当时，德川家康正要从枚冈本阵动身。

决战当前，大御所家康换上白色小袖和括袴，配以茶色羽织，兀自没有武装。

听闻此事，藤堂高虎匆忙跑来劝道："主公，这日子换上盔甲较好……"

家康笑道："要讨平大坂竖子，何需披挂出阵！"

这句话自会立刻响彻关东部队，而那正是家康的如意算盘。当将士们听闻年逾古稀的大御所竟有如此斗志，会有怎样的反应？家康满怀期待。

正所谓见微知著。为了鼓舞己方斗志，家康简直不择手段。

其实，家康不肯披挂的真相是——时值夏日，让家康把肥胖的身体塞进憋屈的铠甲，那简直苦不堪言。

家康坐轿出阵。而家康最信任的老臣本多正信亦是便装打扮，此人是年七十八岁，史录称他乘山驾笼，驱赶飞蝇，随大御所而行。

山驾笼上，垂垂老矣的正信摇晃着，伸手挥打苍蝇的模样，一时跃然眼前。

第伍话

大御所德川家康主持攻打天王口，其先锋正是前文介绍的本多忠朝，另有浅野长重、秋田实季两支后续部队，以及替父亲信之出征的真田信吉、信政率领的真田部队。

浅野长重是纪州和歌山城主浅野长晟之弟。冬之阵和夏之阵期间，浅野长晟一直大展神威，尤其是四月二十八日的樫井一战，大破大坂的塙团右卫门部队和冈部则纲部队，击毙塙团右卫门。那之后，长晟率五千士兵退回和歌山城，静候幕府的后续指示，无奈一直没收到明确的出动命令，只得让弟弟长重带着一千余人前来助阵。家康见状，顺势让长重当了先锋。

纪州浅野家和沼田真田家都曾蒙受丰臣家的大恩。别忘了，长晟、长重的亡兄幸长当年曾跟加藤清正联手谋求丰臣家的安泰，大力促成家康和秀赖的二条城会面。而且，真田昌幸、幸村父子蛰居的九度山刚好归浅野家管辖，浅野家明面上奉命监视，暗中却时常照顾他们。德川家康对此装聋作哑，其实难免有些想法。

一则觉得九度山的真田父子不会再有重振家门的希望，一则觉得一旦惹怒了浅野家，关键时刻难保他们不会投敌。

夏之阵中，浅野长晟没有接获特别指示。浅野家的一举一动都有人监视，但马守长晟见状自是五味杂陈。他去樫井大破敌军，就有点"泄愤"之意。

没有指示，大可按兵不动，但是长晟又不敢全然不动，结果就采纳了老臣的建议，让弟弟长重率兵离去。

"若关东情势不妙，他们没准会去帮大坂的左卫门佐吧！"

不乏这样的流言飞语。

这跟大坂方面对真田幸村的怀疑如出一辙。

"关键时刻，真田左卫门佐恐怕会跟沼田的真田家联手攻城……"

对了，上文提到的秋田实季（常陆宍户，五万石）亦跟丰臣家颇有渊源。

浅野、真田、秋田这三支部队背负疑念，跟随"不顾死活"的本多忠朝攻打天王寺口的强敌——真田幸村、毛利胜永。

"不顾死活"的另有一人。那便是前夜被祖父家康狠狠训斥的松平忠直。松平忠直愤然进军，黎明前重新布好阵势。

如此一来，纪州街道自西向东分别是松平、秋田、浅野、本多、真田五支部队，总兵力一万九千，皆是家康先锋。其后方是小笠原部队、保科部队、榊原部队和诹访部队。而沟口宣胜和前日立功的伊达政宗等人亦跟着把守纪州街道。再然后是仙石、酒井、内藤、水野、本多（忠政）、松平（忠良、康长）等人。

以上便是天王寺口的攻方部队。

将军德川秀忠的部队负责攻打冈山口。

冬之阵时的"真田丸"往南半里，便是名曰"冈山"的小丘陵。冈山之西不到半里，正是四天王寺。

关东大军兵分两路，自南方攻向大坂城。

加贺金泽城主前田利常率一万五千人，担任将军秀忠部队的先锋。其中包括片桐且元的部队。去年此时，且元尚是丰臣家的一位重臣。他辛苦奔波，日夜祈祷主家安泰，现下却当了关东大军的先锋，公然杀向旧主。

片桐且元的年龄恰好满一甲子，身体大不如前，骨瘦如柴，跟年轻时恍若两人，却坚持披挂出阵。自离开大坂城以来，他虽得弟弟片桐贞隆相助，那份苦恼却又有谁来分担？短短二十天后，且元一头病倒，就此成了不归人。

将军的先锋部队后方，是藤堂高虎、细川忠兴、井伊直孝等人的部队。将军秀忠本人则率两万将士自河内千豕前来。而大坂方面负责迎击冈山口敌军的则有大野治房、北川宣胜、冈部则纲、新宫行朝、御宿政友等人，其阵地刚好背对真田丸的旧址。

战场仅仅是大坂城的南郊。

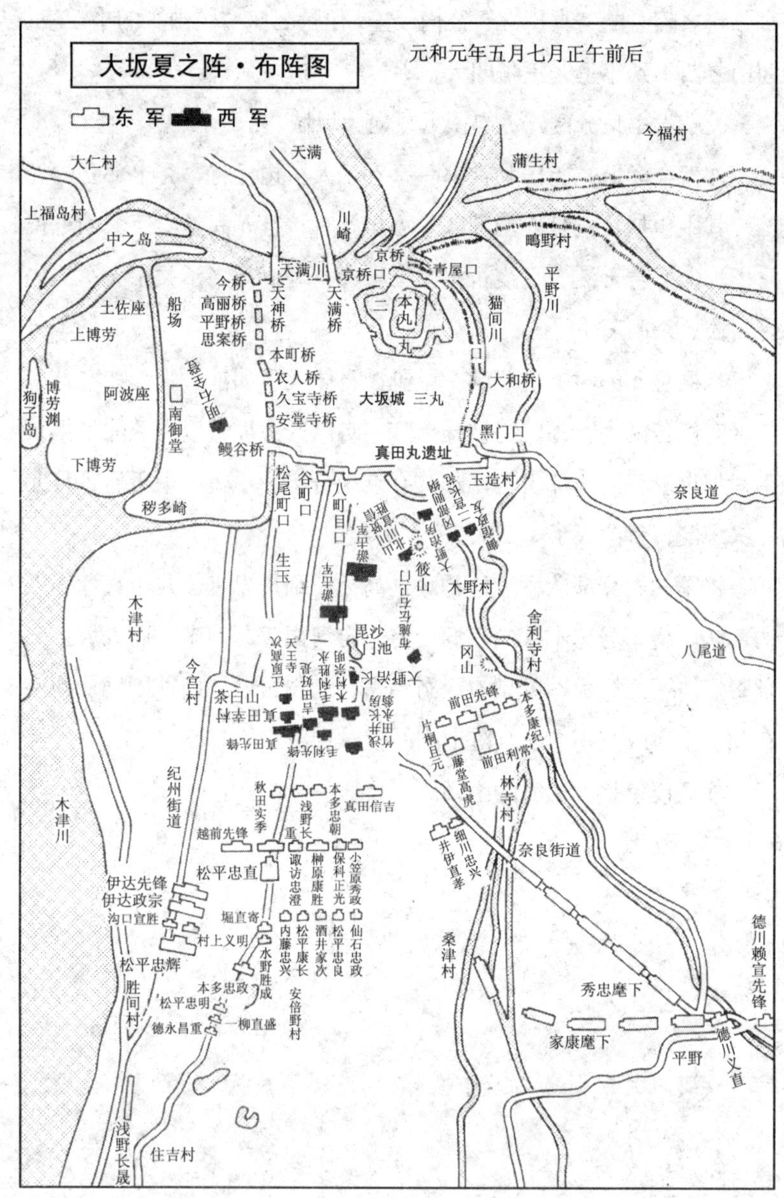

大坂夏之阵·布阵图
元和元年五月七月正午前后
东军
西军
今福村
大仁村
蒲生村
上福岛村
天满
川崎
鸣野村
中之岛
京桥
平野川
京桥口
青屋口
本丸
二丸
今桥
天满川
天满桥
猫间川
土佐座
船场
高丽野桥
天神桥
上博劳
高平思案桥
本町桥
大和桥
博劳渊
狗子岛
南御堂
农人桥
久宝寺桥
大坂城 三丸
黑门口
下博劳
安堂寺桥
鳗谷桥
真田丸遗址
玉造村
奈良道
秒多崎
松尾町口
谷町口
八町目口
木野村
八尾道
生玉
沙池
筱山
舍利寺村
木津村
昆门
冈山
今宫村
天王寺
前田先锋
本多康纪
茶白山村
奉田村
片桐且元
前田利常
纪州街道
藤堂高虎
林寺村
木津川
秋田实季
本多忠朝
真田信吉
越前先锋
浅野长重
细川忠兴
井伊直孝
奈良街道
松平忠直
小笠原秀政
仙石忠政
伊达先锋
榊原康胜
松平忠良
桑津村
伊达政宗
诹访忠澄
酒井家次
沟口宣胜
堀直寄
松平康长
德川赖宣先锋
村上义明
内藤忠兴
安倍野村
松平忠辉
水野胜成
秀忠麾下
胜间村
本多忠政
德川义直
松平忠明
家康麾下
平野
德永昌重
一柳直盛
浅野长晟
住吉村

第陆话

倘若现任将军不幸阵亡，那该如何是好？次任、三任、四任、五任……德川将军家的天下，需要的是绵延不绝！

元和元年（1615 年）五月七日的早晨……

那一天，算来当是现下的六月四日。

那天早晨又有雾，却不似昨日之大，很快便被朝风吹散。

布阵茶臼山之南的松平忠直见雾散了，立刻派斥候出去打探情况。

他的部队前方有一个小山丘。五名斥候登丘一看，立时大惊。

山丘北方一千米内，茶臼山的真田幸村阵营赫然冲进眼帘。

薄雾渐散，阳光洒下，茶臼山的真田赤备军无比夺目。史称其红旗、飘带皆如杜鹃怒放。

——那便是真田赤备！

"是真田……"

"是赤备！是赤备军！"

斥候之一慌忙下丘，回去将此事禀报"越前少将"松平忠直。

"好得很！"松平忠直又惊又喜，雀跃道，"好敌手！"

稍后，德川家康、秀忠父子来到平野地区碰面。

家康第一次开口明示由将军负责攻打冈山口。关东大军早就决定兵分两路，自冈山口和天王寺口分头攻向大坂城，但一直没有明确家康和秀忠之中由谁负责总指挥。任秀忠如何追问，家康都不肯明确表示这一次听秀忠的。

从冬之阵的经验来看，冈山口确实路险难攻。由此推测，大坂的部队将主要防守天王寺口。换言之，天王寺口将会有一番苦战。

秀忠希望去激战区替家康受苦，家康却让他坐镇冈山口。秀忠登时面红耳赤，愤愤不语。

家康凝视着将军儿子，强调道："听着，你去冈山口就行了。"

德川秀忠非常不满，不肯接话。这让家康一脸无奈。

（你难道就不懂老父的想法？）

去激战区便意味着身临险境，家康自然不想把现任将军推到那种境地。

家康此举倒不是要向天下人昭示他亲赴前线的模样。家康年逾古稀，对功名早就看得淡了。他只是惦念德川家天下的安泰罢了，所以才会尚未征得天皇首肯就悍然动兵。

倘若现任将军不幸阵亡，那该如何是好？次任、三任、四任、五任……德川将军家的天下，需要的是绵延不绝！适合去激战区的人选，就只有前任将军——大御所。何况，老当益壮的大御所一旦现身，激战区的士兵们无疑将会斗志昂扬。

（白当将军了，这点道理都不懂……）

家康瞪着秀忠，恨铁不成钢。见状，本多正信立刻上前对秀忠耳语了几句，想来自是劝他"就照大御所大人的意思办吧"云云。

秀忠总算接受了。实际上，这位将军秀忠不光是担忧老父的身子，更想借机一雪关原之耻。

第柒话

是日，真田幸村穿着绯红甲胄和红色的阵羽织，脑袋上的抱角头盔是父亲昌幸遗爱，胯下的河原毛爱马"月影"则从九度山一路带来。

薄雾散去，从茶臼山上纵目一望，松平忠直的一万三千将士无疑壮观。

前方千米的小山丘上插满了越前松平家的军旗，密密麻麻的骑士左来右往。

（被越前部队绕到正面了……）

真田幸村思索片刻，派使者通知布阵天王寺南口的毛利胜永。胜永很快就来了。毛利胜永是年三十九岁，此际一身黑甲，辅以鲭尾形盔，显得无比精悍。

真田幸村喊来胜永，只是要强调一下昨夜会议的结果。

——幸村给出指令以前，一定要按兵不动。

数量惊人的敌军想来会以铁炮开道，狂呼直冲。

所以，幸村打算将敌军引至近处，再行攻击。这绝非易事，但该策略已于昨日战场收效。

大家都要手持长枪，以单膝跪地之姿忍耐敌军攻击——横下一条心，一忍再忍。

敌军推进时定会开枪。不反击，便意味着己方士兵将接连倒地。然而，在幸村发出指令前，不得不忍。幸村坚称唯一的对策就是将敌军引到眼前。

"能否实现，将决定战局……"

引到至近之处，再一举将其击溃。要一瞬间引爆将士们的斗志。

关东大军未受反击，家康、秀忠的部队便会随之推进，如此便会缩短幸村部队和关东本阵之间的距离。只要突然将其先锋击溃，接下来就可直捣对方核心。

对兵力不占优势的大坂方面而言，最有效的战法便是短时间内集中兵力，而非冗长无益的消耗战。因之，幸村再次强调忍耐的重要。

"听明白了？"

毛利胜永点了点头，毅然说道："明白！"

昨日的战场之上，胜永目睹了幸村击溃伊达军的全程。

"感激不尽，"幸村深深低头，"拜托了。"

"得令。"

毛利胜永跨上栗毛宝马，缓缓离开真田阵所。半路上，胜永偶一回头，朝前来送行的幸村高举右手，挥了一挥。幸村举起双手，再三点头。

此时一别，竟成永诀。

胜永刚走，大野治长便从大坂城内而来。

昨夜以来，大野治长的脸色甚糟。治长面如土灰，由家臣搀扶着勉强下马，仿佛那已用尽他全身的力气。然而，他坚持面带微笑，朝幸村走来。幸村背后的真田大助忙将座位让给治长。

"多谢。"治长向大助行了一礼，慰劳道，"昨日有劳了。"

昨夜回城之后，他无疑听说了大助的英勇表现。

红日升起，却不时藏进云间。四下里甚是闷热。

茶臼山顶，幸村和治长对面而坐。幸村眼前的草丛中忽冒出一羽白蝶，飘然远去。

军马的嘶鸣不绝于耳。传令兵鞭策着马儿，在山下小路飞驰。

关东部队尚未集结完毕。先锋本多忠朝的部队刚刚开始布阵，但他很快就会杀向天王寺南口的毛利胜永部队。

"大人，勿忘昨夜之约——"幸村肃容说道，"右府大人必须出马。"

大野治长立刻答道："好。"

幸村继续强调道："右府大人身任总帅，有义务亲临战阵。瞧瞧关东的家康，年逾古稀都坚持……"

"说得是啊。"

治长面带微笑，不住点头。

然而，幸村总觉得治长靠不住。冬之阵以来，真田幸村、后藤基次和毛利胜永曾几番献计献策，大野治长总会一口允诺，结果这些计策基本上都难逃"不了了之"的命运。

幸村认可治长对丰臣家的一片赤诚，而且对此高度评价。但是，大野治长最麻烦的地方，是他以丰臣家"管家"自居的心态。套用现代的话，便是——

自以为是个杰出政客。

　　说难听些，治长欲以其政治手腕"操纵"真田、后藤、毛利等浪人战将。

　　幸村觉得这真是荒诞无稽。冬之阵时，这个天真的傻瓜竟然去跟老狐狸德川家康谈条件，结果自然是被家康骗得团团转。

　　家康历经生死磨难，为了德川家的存续，不惜牺牲将来大有指望的长子信康。跟这个大御所家康相比，不知世事的大野治长只是丰臣家这一"温室"的管理员罢了。相较家康，治长根本就是个黄毛鼠辈。

　　治长的确聪明，逻辑清晰，辩才过人，因此深得秀赖和淀君信赖，手握重权。

　　治长从不自省，就算不幸失败，都会挑个人承担全责。他总会用各种借口自我说服。这才是最致命的。

　　没有实力的人当上了人上人——哪有比这个更最致命的？

　　怎奈决战当前，幸村唯有相信大野治长的承诺。除此再无他法。

　　丰臣秀赖一旦临阵，无人敢保其性命无忧。天知道淀君会不会放秀赖出城。幸村和毛利胜永最顾虑的便是这一点。

　　这一点，德川家康自然早就料得分明。幸村虽未亲见，却明白大坂城内充满了关东间谍。家康会不会闲着这些间谍？

　　决战之日，若总帅丰臣秀赖亲临战阵，大坂部队自然会斗志昂扬。换句话说，关东部队将会受到更强烈的反击。

　　从昨日战况来看，背水一搏的大坂部队确实斗志惊人。

　　"老夫当然想保秀赖公一命，务要告诉秀赖公别随便出阵。"

　　——恐怕家康早就暗中吹风了。

　　"那好，我告辞了。"

大野治长让家臣们搀扶着上马离去。他遇刺时受的重伤尚未痊愈，近来又不眠不休，行动甚是不便。

真田幸村望着治长一行下了山，唤道："大助。"

真田大助立刻跪到父亲面前。他披着一件绯红阵羽织。

"大助啊……"

"在。"

"替我回城一趟吧。"

"传话？"

"不……"

幸村摇了摇头，正待再说之际，斥候报称沼田的真田部队抵达先锋本多忠朝部队之畔。

"嘿……"幸村坐了下来，喃喃道，"真的是那样呢……"

替兄长信之出阵的两个侄儿布阵本多部队的左侧，这意味着他们将会跟毛利胜永的部队厮杀。然而，一旦情况失控，混乱中难保他们不会跟幸村部队交锋。

兴许会有熟悉的将士持枪杀向幸村。夏之阵的部署和冬之阵截然不同，此番怕是真要跟那些旧识打一仗了。

再说毛利胜永回到阵所之后，唤来了儿子吉十郎，命他回城准备跟右府大人一同出阵。

吉十郎胜家是年十七岁，一说十四岁。胜永之妻、吉十郎之母喜佐亦在城内。

哪知吉十郎竟一口拒绝父命，朗然说道："孩儿不去！"

第捌话

关原一役，丰前守毛利胜永投身西军，隶属布阵南宫山的三万部队，结果这三万人尚未行动，战争就宣告结束。

一切皆因指挥南宫山西军的毛利家重臣吉川广家被东军说服。

昨日纵横战阵的长宗我部盛亲同样是昔日南宫山西军的一员，跟毛利胜永一样错失了战机。

当时，西军总帅石田三成再三让南宫山的盟军自背后突袭东军，无奈吉川广家对此秘而不宣。待得毛利胜永醒悟之际，胜负都分出来了。

（岂有此理……）

胜永茫然若失。

明明没上战场，却陪着父亲胜信受到德川家康责罚，丰前小仓的六万石封地悉数被夺，幸好有土佐的山内一丰出面收留父子两人。

那一役的不甘，胜永毕生难忘。尤其他当年是替父出阵，这不甘自又要增添几分。事后想来，若南宫山的三万西军肯下山突袭东军，西军便会顺利取胜，天下便不会落进德川家康之手。因之，毛利胜永暗暗立誓，要以接下来的决战一雪前耻，让世人看看一代战将的气节与意志。

土佐山内家待毛利父子不薄，皆因山内一丰年轻时曾受胜永亡父大恩。而胜永之妻喜佐正是山内家臣柏原长兵卫之女。胜永从土佐奔向大坂之际，不免觉得愧对了山内家。山内一丰的家业由其子忠义继承。冬之阵时，山内忠义率五千士兵出阵。两军议和之后，毛利胜永曾去山内忠义的阵所就不辞而别一事谢罪。

山内忠义见状唯有苦笑，劝道："反正都罢兵了，不如随我去见大御所一面吧？一时义愤，哪里比得上重振家门。干脆来关东吧，大御所很挂念你呢。"

山内忠义对毛利胜永抱有好感，这番话确实是肺腑之言。

山内家出面接管关原罪人毛利父子之时，不仅给二人于土佐浦户新造府邸，更接纳了随毛利父子而来的五十名家臣。胜永之父又惊又喜，直说此行全无凄苦流放之感，继而叮嘱胜永道："若关东望你出仕，接受便是。"

丰臣秀吉筑伏见城时，曾命德川家康担任普请奉行，无奈木材不足，让家康愁得要命。当时，胜永之父曾暗中筹措木材，解了家康的燃眉之急。这份恩情，家康当不会忘。胜永之父回想旧事，觉得胜永若出仕德川家倒是百利无害。

德川家康本打算扫平大坂丰臣家之后就赦免毛利胜永，收他当个幕府臣子，哪知这家伙竟然登上小船，乘风破浪去了大坂。

冬之阵结束后，家康曾暗命山内忠义招降毛利胜永。忠义千方百计，先后派了好几名密使来劝，但胜永就是不肯点头。

“我这口气不是给别人争的，是给我自己争的。”

将军秀忠亦然。他跟毛利胜永情况不同，却都因错失战机蒙羞。这份耻辱，唯有杀向夏之阵才有望洗清。

“如今这世道，正所谓三代之后便无缘，是以在下无意存续家名。唯一的遗憾便是难以报答山内家的恩情，尚望赎罪。”

毛利胜永一口回绝了山内忠义的游说。忠义只得作罢，回了土佐。

忠义没有现身这次的大坂夏之阵。他虽然又率五千将士出征，却遭遇了海路的暴风雨，无法赶上今日决战。

我们再插播一段逸闻。

有一种说法称，毛利胜永当时只带着儿子吉十郎和投靠山内家的三十名旧臣逃离土佐，却没带妻子喜佐。胜永离去之后，喜佐被捕下狱，哪知山内一丰的未亡人见性院竟让人将她放了。

见性院是著名贤妻，没有她的鞭策，丈夫山内一丰就成不了土佐国全境二十万石之主。

想当年，织田信长曾至京都举行大规模的阅兵，天皇都亲自出席观看。当时的山内一丰非常年轻，只是秀吉的一个家臣，俸禄不足五百石，却骑着一匹栗毛骏马前来。织田信长见状，赞不绝口："区区陪臣，却拥有如此宝马！有志气！武人便当如此！"购马之钱从何而来？答案是，一丰之妻的嫁妆里有一镜箱，箱底藏着"以防万一"的私房钱。

作者我上小学时，哪怕是教科书上都印有这段逸事。其脍炙人口之甚，想来无须赘言。

关原一役，山内一丰随德川家康东下，而大坂的妻子则将城内一举一动写到纸上，再将纸搓成细条，编进草帽的帽绳，让密使戴着草帽给丈夫报信。此举让德川家康大大赞叹。靠着这位贤内助，打完关原之战的山内一丰一下子从远州挂川的五万九千石变成土佐国全境二十万石。

见性院便是如此巾帼。喜佐一出狱，见性院张口便问她想不想去大坂。

喜佐自然不敢答话。

"胜永真傻啊，都这样了，何苦去打那无望之役。"

"大人恕罪……"

"如何？想不想去大坂？"

喜佐默然不语。

"想不想去那傻夫君的身边？但说无妨，不责罚你。"

喜佐没有退路，只得毅然答道："想！"

见性院用手中折扇敲了敲喜佐的脑袋，大喝道："贼机灵，早跟胜永商量好了吧？"

喜佐吓得立刻伏地行礼。

"去吧。"

喜佐一听，登时蒙了。

"去大坂吧。"

见性院不但给了她自由身，又赏赐了衣裳和盘缠。而且，她确实没有责罚喜佐的娘家。

五月七日，喜佐正跟大坂城内的女眷们一同忙碌着。

毛利胜永让吉十郎回城，正是怕丰臣秀赖出阵一事有变。他甚至吩咐吉十郎，到了紧急时刻，就算失礼去拽右府大人的战马，都要把他拽到战场上来。

　　然而，吉十郎胜家拒不从命，甚至放出狠话——若硬要他去大坂城，他便当场切腹。吉十郎只想追随父亲，哪怕一同阵亡都无所谓。正因如此，胜永离开土佐时曾命吉十郎陪着母亲留下，但他坚持随父离去，否则便要切腹明志。

　　少年吉十郎的"切腹"可不是说着玩的。说了，便真会去做。当时，毛利胜永凝视着十七岁的儿子，苦笑道："真拿你没办法呀。"只得依了。

　　今日亦然。

　　"真拿你没办法呀……"胜永笑道，"随你便吧。"

第玖话

一刻（两小时）后的茶臼山真田阵所，真田幸村命儿子大助回城。大助拼命摇头。他和毛利吉十郎一样，但求陪着父亲阵亡。

"不可。"

幸村当然不会同意。

红日当空，关东部队陆续集结南方。斥候的禀报，让幸村有了实际开战的感觉。幸村一直和大坂城内保持联系，得知丰臣秀赖尚未有出征迹象。因之，他打算让大助替他回城。

幸村几乎放弃了希望。

噩梦再临。幸村以浪人战将的身份前来，不是奔着名利。毛利胜永亦然。决战将开，真不知形势会如何发展。幸村让大助回城，一是督促秀赖出阵，二是想让他去见证丰臣秀赖的最后一刻。这最后一刻，着实难以预料。秀赖自然有逃离大坂城的可能。若是如此，大助便将替父亲陪伴秀赖。实际上，幸村此举兴许尚有另一用意，那便是要一扫大坂城中"真田阴结关东"的传闻。

总之，把亲生儿子送到秀赖身边怕是最好的方法。

"大助，别给为父抹黑。"

"是……"

"回城去吧。去吧！"

大助眼泪汪汪，不住摇头。跪坐幸村背后的向井佐平次欲言又止，许是想劝幸村依了大助吧。然而，见幸村如此毅然决然，佐平次自是难以开口。

"去啊，去啊！"

"父……父亲……"

"不行！"

"但是……"

"你敢忤逆父命？"幸村猛然大喝，"胆敢违抗，我便不认你这儿子！"

四周马蹄渐响。风停了，云间倾下的阳光炽热得有如盛夏。

战士们头盔下的前额挂满汗珠。

坐在床几上的真田幸村，右手紧握青竹指挥杖。

"大助……"

"是。"

"你就如此不肯听我的话？"

"我……不……"

幸村话音一沉，幽幽说道："算我求求你了。"

话音刚落，真田大助便号啕大哭。幸村背后持枪候命的真田氏本家旧臣纷纷别过头去，不忍再看。

"要跟右府大人同生共死，明白没有？"

“是……”

不久，真田大助孤身下了茶臼山，奔回大坂城。幸村呆呆坐着，一动不动。整个阵所里半点动静都没。

攻方布阵渐明，守方则做好充分准备，只消静候开战之时便是。

——吸引敌军，不得指示就不许擅动！

幸村的指令早就通告了全军上下。前一日的战斗中，真田部队的将士亲身实践了幸村的战术，成效显著。众人自信满满。

突然，南方传来枪响。那是越前部队的铁炮队。

敌人正迫近真田阵所。真田部队最靠前的将士们一片死寂，纷纷横着长枪，单膝跪地，不露惊慌之态。敌军铁炮队立刻退回，却是一番诈敌。

越前的松平忠直早就丢开了大御所家康的指令。

听到枪响而蠢蠢欲动的，反倒是毛利胜永部队的士兵。幸村立刻派人警告毛利胜永，切勿贸然进攻。胜永第一时间向全部队士兵又强调了这一点。

时值正午。

真田幸村对向井佐平次喃喃道：“你不用紧跟着我。”

佐平次不语。佐平次背后是五十余名真田氏本家旧臣，而他们的身后则是宫冢才藏、向井佐助、中原丈助、伏屋太平等一众草者。人人皆是手握短枪。

联络大坂城的重任，交由年龄最高的草者小助负责。

整个部队里面，唯有草者不着赤备，只因他们要充当灵活的足轻，不宜轻易暴露“真田之兵”的身份。

此际，德川家康自平野来到了关东阵营的末端。

第拾话

　　出云守本多忠朝自接得攻打天王寺口的先锋之职，便有了血战不归的觉悟。

　　冬之阵时，忠朝急欲立功，一度求家康调整部署，惹得家康火冒三丈，大怒道："回去学学你兄长美浓守！"

　　忠朝是德川家老臣本多平八郎的次子，如此屈辱无疑让他刻骨难忘。半年来，被大御所家康当众痛骂的耻辱感日益鲜明，想不到家康这次竟命他担任攻打天王寺口的先锋。对本多忠朝而言，这委实求之不得。跟大坂部队里最棘手的毛利胜永、真田幸村正面厮杀，是他重拾名誉的唯一机会。

　　"你如此渴望功勋，遇强敌当会表现神勇。"

　　忠朝听出了家康这番话的言外之意。

　　——奋力一战，视死如归。

　　（好！那我就拿出鬼神般的战姿赴死！）

　　然而，忠朝这一天又惊又怒。

家康明明都指派他当先锋了，何以又让越前的松平忠直冲到他前头？

这其实是忠朝对家康的误会。松平忠直冲到先锋之前，只是他本人的一意孤行罢了。前夜，松平忠直派人去枚冈的家康阵所恳求担任先锋，结果被家康骂了个狗血淋头。无奈忠朝对此全然不知。

（哪怕事后受罚都没关系！我们就杀上去，大不了以死谢罪！）

松平忠直率部队黉夜狂奔，抢到本多部队之前，正对着真田部队摆开阵势。

本多忠朝见状大惊，当然不肯落到这位越前少将之后。然而，家康、秀忠父子直到正午才分别抵达先前商量好的位置。黑甲胄、剑成盔的本多忠朝苦等家康的出击之令，一时焦躁不安。

兄长美浓守继承了母亲的娃娃脸，忠朝则是高大魁梧，两颊无一丝赘肉，那精悍的风貌酷似亡父忠胜。

正午时分，德川家康现身桑津地区西部。

家康唤道："三九郎一绩呢？"

自打冬之阵以来，时年四十岁的泷川三九郎便担任使番之首。只见他身披黑甲上前听命，那立云盔正是祖父泷川一益的遗物。

家康一到阵地，便命泷川三九郎去察探大坂部队的阵形。

使番四散而去，继而带回诸将的报告。

家康身着便装，坐到了被帐幕围着的阵所床几上面。

"正信啊，"家康回头对一旁床几上的佐渡守正信说道，"听说天王寺口的大坂部队挺安静的。"

"不错。"

"你有何看法？"

"这……"

正信闭目寻思。佐渡守本多正信现年七十八岁，自是高寿。

七十四岁的德川家康凝视着正信的白眉一上一下。树丛中传来阵阵蝉鸣。家康的阵所同样静得出奇。

须臾，正信睁眼说道："切莫拖到夜晚。"

家康的老脸渐现红潮，说道："一点不错！"

他立刻传谕全军，称大坂部队是有意按兵牵制，双方当早早交锋才是。一旦继续对峙下去，天知道真田部队和毛利部队会弄出何等花样。

接到家康指令，本多忠朝两眼放光，仰天长啸，纵身跃上芦毛爱马。前方是斜面和树丛，要穿越好几重坡道才可抵达天王寺口。大坂方面的毛利胜永阵营分成三段，白底红日战旗和将士背上的金色半月小旗密密麻麻。而本多忠朝的银色三阶笠马印和白底中黑战旗则渐渐靠近天王寺口。

忠朝挥舞着一尺八寸长的白底黑纹指挥杖，吩咐铁炮队开始进军。然而，天王寺口的毛利部队坐视他们出动，全无奔袭之意，不禁让一众将士悚然。

实际上，毛利部队打头阵的渡边糺、竹田永翁旗下将士正被渐渐靠近的敌人刺激得甚是亢奋。

这时，正对着真田幸村部队的松平忠直部队同样有了动作。然而，真田部队对此亦是漠然置之，沉默不理。

艳阳之下，血红的真田战旗当风凝立。

本多忠朝将铁炮队分两翼派向天王寺口，继而将指挥杖插至腰间，伸手抓住一旁小兵捧着的长枪。

正午之后——

本多忠朝的铁炮队接近了毛利部队的阵地，齐齐开枪。

战争由此开始！

毛利部队按兵不动。两次、三次……本多部队持续开火。

本多忠朝伸长了脖子观看战况，咬紧牙关命铁炮队继续前进。

负责攻打冈山口的将军秀忠听到枪响，唯恐落到人后，慌忙下令冲锋。

担任将军先锋的前田利常立刻率加贺部队进军。

"杀啊——"

"冲！"

一时间，四下里皆是将士们的呼喝。

东西大战全面拉开序幕，双方兵力总计近二十万。烈日下，敌我双方的无数长枪闪闪发光，随便哪里都充满枪响和狂吼。

第拾壹话

毛利胜永下了死命令，无论受到怎样的攻击，都不准擅自反击。然而，眼看着敌方铁炮队渐渐靠近，本部将士纷纷中枪，大家都是怒火中烧，浑身的血液如欲逆流，忍无可忍。

毛利部队的铁炮队到底是开了火。此事根本无法阻拦。

双方枪战告一段落之后……

"哇！"

毛利部队的前锋杀出阵地，冲向山下敌军。听闻此事，真田幸村大失所望，黯然叹息真是白强调了。

（倘若你们再忍片刻……）

幸村深知这不是毛利胜永背约，实是其前锋诸将忍无可忍。

"快！"

幸村派人去了胜永阵营，让胜永立刻收兵。史料称，毛利胜永果断巡营制止，哪知大家竟然打得更猛烈了。

毕竟是临时聚集的乌合之众，无法忍耐战斗带来的激昂情绪。

毛利胜永自一片混乱的前方撤回。

（怕是唯有一搏！）

胜永撤回天王寺南口的阵营，拿上十文字枪，命四千主力部队出阵。

毛利胜永的乌毛轮贯马印和日丸战旗一齐出动。

胜永将主力分成两队，欲夹击顺斜面而来的本多部队。

真田幸村听说之后，对一旁的伊木七郎右卫门说道："伊木大人，自打冬之阵以来，事事皆不如人意……最后……"

他只说到一半便说不下去了。

最后本想将敌人引近了再一举反击——如此简单明了的战法，竟是难以实现。

幸村黯然神伤。伊木七郎右卫门无言以对。

"我志难成，怕是见不到秋天喽。"

幸村的叹息跃然纸上。

听闻本多部队杀向毛利部队，松平忠直的越前部队急忙跟上。

直到此际，丰臣秀赖犹未从大坂城里出来。

秀赖本人确实曾吩咐备马。回到大坂城的真田大助再三求他早早出阵，秀赖的近侍亦曾再三劝说。然而……

真田幸村不再对秀赖出阵抱有希望。

最后的希望和期待碎了一地，留下的唯有绝望。

然而，幸村虽置身绝望深渊，却坚持贯彻战将的意志。

——不，是不得不贯彻。

他跨上爱马，稳稳拿着向井佐平次递来的片镰枪。红樫的枪柄长近两间，较普通长枪略短，但幸村用得非常顺手。

幸村伸手抓枪之际，一度和佐平次四目相对。

千言万语，都不用说了。

幸村默然片刻，突然开口唤道："佐平次……"

"在。"

"想做的话，就去做吧。"

向井佐平次会如何理解这句话呢？

他用力点头，充当答复。

从前方回来的传令兵向幸村禀报了越前部队的兵力和动向，又忙着离去。紧接着，毛利胜永的使者来到了茶臼山，告知胜永挥军杀出一事。

"回去告诉丰前守大人，幸村知道了。"

真田幸村的话音登时充满威势。阵笠下的向井佐平次露出微笑。只见幸村枪交左手，右手的青竹指挥杖飒然一挥。

——迎击越前部队！

真田部队动如猛虎。前方阵地上，四千将士的火红战旗分两翼散开，让沿着斜坡上山的越前部队铁炮队直插中央。

大坂城南一片混战，随便哪里都只有厮杀的呼喝。敌我双方的使番来回奔忙，战士们挥舞长枪，冲向敌军。

突然，一度离开幸村身畔的伊木七郎右卫门又踹着马腹出现，大喊道："左卫门佐大人！"

"哦！"

"阴曹地府再会！"

伊木七郎右卫门是年四十七岁，浑身上下却充满精悍武魂。

真田幸村一反常态，大笑道："好，不见不散！"

伊木本是丰臣家的监军，负责监视真田部队的动向，结果却被幸村的人格魅力折服，对其言听计从。伊木的态度让幸村甚是欣慰。

"大人，告辞了！"

伊木七郎右卫门掉转马头，长枪向上一刺。幸村附近的真田将士则是高举长枪，以狮吼回应。

还有八百将士等候伊木回去带队。

越前部队的枪响更趋激烈。真田幸村不断挥舞青竹指挥杖，似乎打算亲自扑下茶臼山，直冲敌军。装有币帛的唐人笠马印随着幸村，自茶臼山顶缓缓而下。

向井佐平次守着幸村马旁，他背后则是身着武装、手握长枪的草者。

此际，天王寺口的毛利胜永部队击破了本多忠朝部队。

丰前守毛利胜永将大部队分成两翼，让对方冲至正中，继而合兵突袭。开路的本多铁炮队瞬时被两翼的毛利枪兵包围，有史料称其七十余人悉数阵亡。而后，他又命右翼士兵突击随本多部队攻来的秋田、植村、松下等关东部队；而左翼则狠狠杀向沼田的真田部队。

用"溃不成军"来形容此时的真田部队真是太贴切了。

日后听闻此事的伊豆守真田信之没有责怪儿子不中用，而是苦笑叹道："他们确实不足以跟丰前守对抗嘛……"

毛利部队的右翼同样击退了关东部队。

"哈！"

只见这支部队分分合合，突然朝着本多忠朝而来。

忠朝满拟从正中央突破毛利部队，哪知铁炮队竟被对方摧毁。本多部队眼看着毛利部队再次分成两股，无暇重整阵形便陷进混战。

毛利部队先灭了本多部队两侧的友军，这才悍然杀来，本多部队自是招架不住。

"别后退！不许后退！"

本多忠朝挥舞长枪，纵马将袭来的毛利士兵逐一击退。

铁炮队的枪响消逝。推搡，冲撞，捅刺……短兵相接，尘土漫天，血肉纵横，惨呼不绝。军马擦肩而过，刀枪闪闪发光。本多忠朝满脸是血，五官都看不清了。

恰是那时，真田幸村将部队分成两支，打算狠狠夹击对面的越前部队。

第拾贰话

毛利部队猝然反击，登时打乱了关东先锋本多部队的步伐。

一时间，无数毛利将士扑向出云守本多忠朝。忠朝身旁再无士兵防守，然而他仿佛化身战鬼，半点都不退缩。只见他一个断喝，对准策马冲来的敌人下颚便是一枪。来者抓着长枪，鲜血四溅，掉下马背。本多忠朝对此视若无睹。

"嘿呀！"

他直接掉转马头，对着侧面刺来的长枪重重一击。那长枪立刻脱离了适才落马的敌人之手。正当那敌人目瞪口呆之际，忠朝的长枪又瞄准了他的脖颈。敌人落马后又失长枪，只好伸手去摸腰间太刀，结果又被忠朝击退。

此时，忠朝的右肩、侧腹相继中弹。右侧高地的树丛里，竟然藏有毛利部队的铁炮足轻。神勇如本多忠朝，也只得跌下马来。忠朝拼死作战，伤口逾十。

"唔！"

落马后，忠朝仍不放枪，而是纵身直冲，杀了适才开枪射他的那名足轻。

"唔……唔……"

然而，他终究难敌枪伤，踉踉跄跄，缓缓从高处滚落。

毛利部队的士兵们齐齐喊道："是出云守！别让他逃了！"

四名士兵蜂拥而至。本多忠朝使尽浑身力气，挣扎着爬起迎击。

"敌兵追击，终负伤二十余处，陷身小沟，被中川某某斩获。"

战记如此描绘本多忠朝的最后一刻。

忠朝的死斗只能用"非比寻常"来形容，而短时间内击破来敌的毛利胜永更是表现非凡。

打先锋的本多部队溃不成军，后方的关东部队不免乱了阵脚。毛利部队明白机不可失，立刻乘胜追击。

望见天王寺口的关东战旗一片混乱，幸村喜道："干得好……"

毛利胜永的奋战令他感慨万千。虽未将敌军引近，但胜永这番杰出反击，足以弥补此事。胜永没有兑现对幸村的承诺，自然是有些愧疚。他的这一番神勇表现，想来当跟那愧疚之情有关。

话说回来，越前部队正跟真田部队交锋之际，毛利胜永的右翼突然冲来，一时阵脚大乱。真田幸村看准了这一战机，立刻冲到茶臼山南脚的大泥地附近，将高举着的青竹指挥杖用力一挥——突击！

幸村身畔是从九度山跟来的家臣、真田氏本家旧臣和一众草者，总数是大概五百人。那便是幸村旗下三千五百将士中，始终不离幸村身畔，甘愿随幸村阵亡的五百精兵。

只见幸村望了向井佐平次一眼，说道："向井佐平次，阴曹地府再会吧。"

佐平次微微一笑，露出一口和年龄不符的整齐牙齿。

真田幸村握紧长枪，踹了马腹一脚。尘土漫天，幸村带五百将士顺坡冲下。这场出击没有阵太鼓的鼓劲，更没有法螺贝的伴奏。

面部的剧痛，惊醒了甲贺山中忍者——迫小四郎。

小四郎身负重伤，只得来到国分郊外的百姓家借宿。昨日一早，他跟草者向井佐助狭路相逢，被佐助投出的短刀伤了右眼。右眼自然保不住了。后来，他不知被谁搬到了这里。坚强如小四郎，也难以忍耐如此剧痛，昨夜一宿未眠。

夜半时，甲贺忍者目贯与作曾来到小屋。

"快把这个喝了。"

他给小四郎熬了镇痛汤药。天快亮时，小四郎总算睡去。怎奈汤药的药效渐退，伤痛再次袭来。

"唔……"

小四郎不住呻吟。不光右眼在疼，整张脸都像着了火似的。他的脸肿得像是异国舶来的南瓜。

见小四郎呻吟不断，下级忍者初太郎凑近问道："如此之痛？"

"再给我……煎些昨晚的药。"

"好。"

国分郊外的两户民居，成了甲贺山中忍者的临时据点。前天夜里，头领伴长信带着十几名山中忍者，随关东部队的大和口先锋部队一同抵达国分。这时，大半忍者都前去战场附近执行任务了。昨日和大坂方面后藤基次的战斗，犹如春梦一场，梦醒了无痕。

四周鸦雀无声，国分一带的居民早都逃到别处避难。

小四郎躺在木板间里，外头便是深深的树丛。一羽白蝶悠然而出。

夏草的香味混着血腥味。

（开战了……真想亲眼瞧瞧……）

迫小四郎一直抱有如此期许，但这愿望怕是难以实现了。

（混账……真想将那草者碎尸万段！）

向井佐助纵身一跃掷出短刀，刺中了小四郎的眼球。伤口特别深。小四郎匍匐着来到道明寺，幸好被下级忍者初太郎瞧见。要是没遇上初太郎，恐怕小四郎早就昏死过去，一命呜呼了。

伤口的确很深。煎药时，初太郎给小四郎换了药。那是带有恶臭的黄色膏药。小四郎不住呻吟，暗暗觉得自己委实太不争气。

若猫田与助在场，定会张开掉了好几颗牙齿的嘴，嘲笑他道："小四郎啊，你的忍者修行都白练了？"

（混账……混账……）

初太郎换药时，迫小四郎仍对那草者咒骂不停。

"糟了！初太郎，快来一趟！"

突然，隔壁百姓家的两名下级忍者之一大喊着冲进屋里。

"怎么了？"

"抓来的那个女忍者咬舌自尽了！"

"啊？"

小四郎的药刚好换完。初太郎立刻随前来报信的忍者冲了出去。

那个"女忍者"正是草者阿忆。阿忆难忍山中忍者酷刑，又兼被向井佐助拒绝，自暴自弃之下透露了些情报，包括她知道的大坂情势、草者人数、草者小屋地点之类。然而，这些情报尚不足以让伴长信满意。关东方面近乎完美的谍报网，早就将这些情报刺探遍了。

伴长信真正好奇的是，真田幸村将如何利用草者取下大御所大人的头……

关原之战以来，伴长信最畏惧的便是真田草者。

——天知道他们从何而来，又会做出什么事来。

幸村和草者用实际行动证明了这一点。譬如冬之阵时，德川家康自京都出发，带着为数不多的随从经木津去奈良，半路上竟遭真田士兵偷袭，万幸平安无事。

（若不是大御所大人运气好，恐怕早就……）

本多正纯率领的后续部队若是迟些才到，家康肯定没命。

当时，甲贺、伊贺的忍者多方打探，自以为警戒工作全无疏漏，哪知竟出了这种失误。

有了前车之鉴，德川家康此番自然谨慎百倍，跟着将军秀忠的大部队一同自河内口去了大坂平原。然而，伴长信总是坐立不安，夜不能寐。

迫小四郎等人对伴长信的忧虑一无所知。伴长信派出手下的山中忍者不眠不休负责警戒，无奈其余忍者都是各自为阵，仿佛一盘散沙。

想想大和守山中俊房生前常被家康老臣本多正信招去密谈，可如今的关东忍者连密谈的机会都几乎没了，确实是不受重视。

德川幕府何以不再需要忍者？皆因长年累月构筑的谍报网日趋完善，而此次大坂之战正是它初显成果之时。

现下的忍者嘛，只要完成最末端的工作就行了。

伴长信有满怀的不安，又有满怀的意见，天天都烦得不行。一见阿忆，他立刻说道："带下去打！能问出多少是多少！"

搞得阿忆半死不活。阿忆确实不知夏之阵将如何偷袭家康，自是无从招起。她当然不会知道此事，只因真田幸村这次根本就没有这种打算。

——将一切押到最后的决战之上！

得知决战开打，伴长信高度紧张，几番指挥手下的忍者们搜寻战场附近。

留在国分百姓家中的，唯有两名负责看守阿忆的下级忍者，还有受了伤的小四郎及初太郎。阿忆被绑在里屋的房柱上，严刑拷打后的身躯没了生气，况且还是五花大绑，插翅难飞。除非有人从屋外来营救她。因之，监视阿忆的两名下级忍者一心顾着外头，忽视了屋内，以致瘫软无力的阿忆竟在昏暗的房中咬舌自尽。

咬舌后并不会立即死亡，除非失血过多。所以，咬断舌头之后，阿忆一声不吭。两名看守甚至没想到她还有咬断舌头的力气。

"对了，给她喝点儿粥吧。"

"死了可不得了。"

两名忍者端着稀粥走进里屋，这才察觉异样。

"大……大事不好！"

初太郎回到屋里，将情况告知迫小四郎。

小四郎听罢，说道："埋了。"

"这……可……可……"

"不碍事，就算不咬舌自尽，受了如此酷刑也活不长。"

"那倒是……"

"天这么热，尸体烂得快，赶紧埋了！"

"真不碍事？"

"我会跟头领解释的。就说是我下的指示。"

初太郎大喜，说了个"是"字便夺门而出。

小四郎躺在地上。一群苍蝇围来，估计是被伤口的血腥味招来的。见状，小四郎大吼着挥舞双手，想要赶走飞蝇，结果又呻吟了起来。手脚并未受伤，但只要四肢一动，面部与眼睛的疼痛便会加倍。

"混账……混账……"

呻吟着，谩骂着，迫小四郎的左眼溢出泪水。

三名下级忍者将阿忆的遗体拖去屋后树林。从咬断舌头的那一刻到断气，阿忆脑中会不会闪过些什么？不，光是忍耐剧痛，恐怕就耗尽了她的心思。

伴随着流淌的鲜血，痛苦、苦恼、后悔渐渐消逝。阿忆孤身一人，先行去了没有真田幸村，没有真田草者，更没有向井佐助的阴曹地府。

前些时候，德川家康将阵所挪到了前方的高地。

战事一开，本多、松平的先锋部队便攻向天王寺口和茶臼山的大坂部队，这让家康坐立不安。

一旁的佐渡守本多正信宽慰道："您不如先歇息片刻……"

家康充耳不闻，恶狠狠瞪了正信一眼，撂下狠话。

"别拦我！你自己留下来喝茶吧！"

对七十八岁的本多正信而言，出阵确是强人所难。家康准许他不着武装，但盛夏的酷暑早让他没了精神。

（战况关我何事……真想找个树荫睡午觉……）

这时，德川家康带着旗本去了前方高地，打算俯视一下战况。哪知他一看之下，登时倒吸一口冷气！

第拾叁话

德川家康无法将战场全貌尽收眼底，却清清楚楚看见真田幸村的火红战旗正以破竹之势搅乱松平忠直的越前部队。

越前部队的战旗是白底箭羽和白色飘带配以双龙。自远处看，便是一片白茫茫。所以，家康一看便知真田部队的红色旗帜完全压住了乱作一团的白旗。

如前所述，本多忠朝的先锋部队被毛利胜永击破，而真田、浅野、秋田等关东部队则退至后方的小笠原、保科诸队之中，情势混乱不堪。

传令兵先后赶来。听完他们的禀报，德川家康忍无可忍，将阵所挪至高地。他哪里想得到那些部队竟会如此乱了阵脚。

真田幸村正率手下将士勇往直前。真田部队和毛利部队的将士奋力击退关东部队，一边掩护幸村一边向前推进。

幸村身边好像没了向井佐平次的身影，但宫笨才藏率领的草者尚在。他们随着幸村的战马狂奔，不时将事先备好的投爪掷向敌人。如有敌方的骑兵杀向幸村，投爪便会穿头盔刺进头颅，要不然就是刺进马眼。敌人纷纷被狂奔的战马甩下，被真田将士斩杀。用完投爪之后，草者又抽出背上短枪。

只听真田幸村大喊道："才藏！佐助！"

宫豕才藏、向井佐助一路冲向幸村，掀起尘土阵阵。

"就是现在！"

"是……"

"别管我了！"幸村俯视着左侧的向井佐助，"你父亲……佐平次呢？"

"不见踪影！"

"知道了……"真田幸村点点头，紧握长枪，"好，去吧！"

"属下告退！"

佐助一个转身，朝斜后方神速跑去。他和宫豕才藏、中原丈助、曾根十藏等草者一同离开幸村马侧，混进乱军之中。

蒙蒙土灰，敌我双方鲜血四溅，周围皆是些怒吼、惨呼。纵然是盛夏的强烈阳光，都被尘土淹没。

"看招！"

击退幸村手下将士的越前战将举着长枪，朝幸村策马而来。幸村用手中的片镰枪将之击退，将枪口插进敌人喉头。敌人的战马正撞上"月影"臀部。长枪自敌人手中滑落。只见敌人那空着双手，掉下马背。

然而，幸村目不斜视。

幸村突击德川家康的本阵时，曾派传令兵通知毛利胜永，却不知胜永会不会收到消息……然而，无论胜永是否知情，都不会对事态有任何影响。

真田赤备军一旦突袭，胜永自会知情。别忘了，胜永正以勇猛果敢的战斗遥相呼应幸村。

幸村曾派出两名传令兵去船场通知明石全登抓住机会出击，不幸的是，那两人刚出纪州街道，正要奔向北方的船场，一部分越前部队便从西侧攻向茶臼山，斩杀了那两名传令兵。

为了偷袭大御所家康，明石全登和手下三百骑兵正焦急等待幸村的指令。

越前部队的正面被真田部队冲破，只得去跟茶臼山西侧的分队会合。当然，此地亦有真田部队迎击，但此时的真田幸村早就顾不上茶臼山阵所了。

茶臼山又不是真田丸。就算守得住天王寺口和茶臼山，大坂城总归是守不住的。就算大坂城守得一时，亦是在浩浩荡荡的关东大军面前垂死挣扎罢了。

幸村唯有一念——取家康人头！

毛利胜永冲进了家康本阵东侧。有战记称："西军毛利部队大破本多、真田、小笠原诸队，乘胜追击，直冲家康本阵。（中略）两军混乱，敌我不分。"

第拾肆话

对了，将军秀忠负责的冈山口战况如何？

秀忠一听到天王寺口的呼喊和枪响，便发动了进攻，万万没想到天王寺口的关东部队竟会立刻溃败。

随着毛利部队的反扑，本多、真田等队土崩瓦解，众士兵纷纷逃进负责攻打冈山口的藤堂、细川、井伊诸队。这些关东部队无奈之下，只得横闯沼泽，迎击乘胜追来的毛利胜永部队。

乍看之下，简直难分谁守谁攻。

见状，布阵前方的大野治长铁炮队亦果敢前进，开枪射击关东部队。

大野治长将部队指挥权交给手下战将，亲自把守大坂城，其弟大野治房则将阵营设至真田丸旧址附近。

大野治房见关东部队斗志全无，猛然发动突袭。

换言之，冈山口的情况亦是一片混乱。

真田部队硬是把越前部队敲出一个缺口。

史录表明，大坂夏之阵的战场上，共有一万四千六百二十九名大坂将士毙命，其中三千七百五十余人系越前部队斩杀。

年轻的战将松平忠直确实立下了大功。

军团的战斗，绝非个人决斗。如果人数为"一"的敌人突击人数为"十"的军团一角，战况不一定就会发展成十对一。毕竟，那一角的士兵需要先独自支撑一段时间。而"十"要想将那"一"包围，自然需要一定的时间和策略。若是"一"在被包围之前突破了"十"的一角，那"十"定是束手无策。

大野治长率四千将士进行的冈山口突击便是如此。

大坂部队一度和将军秀忠咫尺之遥。

"拿枪来……拿枪来！"

德川秀忠拿出必死决心，紧握长枪，便欲冲进敌军。

一旁的对马守安藤重信（香取结城，一万石）大惊，慌忙冲到秀忠面前，劝道："万万使不得！"

"闪开！"

"恕难从命！望将军大人三思啊！"

可见战况是何等激烈。

以作者之见，若后藤基次、木村重成等昨日阵亡的勇将和他们手下的精兵仍在，若大坂全军联手迎击关东部队，将军和大御所怕是小命难保。

"闪开！闪开！"

将军秀忠怒吼前冲，正撞到眼前的安藤重信肩头。

突然，一声大喊传来——

"御所！"

只见黑田长政挥舞着长枪退敌，和两百将士一同来到将军阵营。加藤嘉明等人的部队随后抵达，围住了将军秀忠的本阵。

真是千钧一发。

如此一来，大坂部队的"将军袭击计划"无疑受挫。

史录称，将军家一众旗本随诸大名落荒而逃。

将军的旗本尚且竞相逃窜，可见大野治房部队的突袭是何等猛烈。

真田部队直冲德川家康本阵之际，四下里突然有人大喊道——

"纪州大人投敌！"

"浅野部队叛变了！"

他们说的正是率千余士兵替和歌山城主浅野长晟出阵的浅野长重部队。浅野部队布阵松平忠直的越前部队之西，正沿纪州街道进军至今宫一带。长重本拟随茶臼山西侧的越前部队一同进攻，可乍一看，仿佛直冲着大坂城而去。

（该不是要去大坂城帮忙抵挡关东部队吧……）

结果，将士们纷纷大喊浅野大人投敌，眨眼间传遍整个战场。

这正是真田草者的杰作。

宫冢才藏、向井佐助和曾根十藏事先换上难以区分敌我的足轻武装，混进关东部队之后，立刻大喊"纪州大人投敌"、"浅野部队叛变了"之类，而且边喊边跑，很快便将消息传开。

片刻之后，关东部队的传令兵和使番都是脸色大变，满口喊着"浅野大人投敌"云云，奔向各处通报。

如此一来，不知浅野部队情况的激战区便会出现错觉。

（浅野叛变之后，只怕会从越前部队的侧面冲来……）

真田部队的疯狂突袭本就让越前部队疲惫不堪，若再加上纪州的浅野部队，那便是腹背受敌。因此，听闻浅野部队倒戈的消息，越前部队乱作一团，带着难以名状的骚动朝斜后方向退去。

（干得漂亮！）

草者的"谢幕之作"让真田幸村心满意足。

幸村拍马舞枪，犹如战神，来一个杀一个，来两个杀一双。他的大腿只需微微一动，爱马月影便会读懂主人心思，如幸村手足般灵活自如。

真田幸村一举突破仓皇逃窜的越前部队，率五十余骑猛然杀到家康本阵之际，好几个跟幸村一样身着绯红铠甲、背后唐人笠马印的战将纷纷现身，齐齐喊道："拿下大御所首级！拿下首级！"

这些影武者跟幸村的唯一不同，便是那抱角头盔。

战将们四散而去。自九度山跟来的高梨内记、三井丰前、青木半左卫门等十余人，便是幸村此时的影武者。

大家从不同角度齐齐攻向家康本阵，当真势若雷霆！

待命本阵小山丘下的五百名家康旗本一瞧见真田部队的猛攻，登时丢开了保护大御所德川家康的重任。

那是恐惧使然，是难以抵挡的恐惧。

赤红魔神如旋风袭来。

自三河时期便以武勇著称的家康直属部队仓皇窜至半里甚至一里开外，比将军旗本更加不堪。日后常常现身各种故事、戏剧和影视的大久保彦左卫门忠教，正是夏之阵时的旗本之一，担任枪奉行，一直守着家康。他亲眼看到德川家康的金扇银葫下的金暖帘大马印被士兵丢了一地。

忠教留有自传，内云："自三方原一战（对阵武田信玄）以来，御旗从未散乱……"

当然，不是所有旗本都如此不堪一击，否则幸村早就拿下家康的人头了。

泷川三九郎没有逃跑。

众旗本四散而去，德川家康勉强骑上家臣之马，正要下山，却见一队赤备士兵自山脚攻了上来。

当时，泷川三九郎没有骑马。他双脚开立，手握长枪，一会儿将长枪刺向敌人马腹，一会儿重击马腿，边作战边往山头冲。

突然，一名战将冲到了他的眼前。

那抱角头盔、那绯红铠甲……那不正是左卫门佐真田幸村？

泷川三九郎之妻，正是幸村的异母妹妹。冬之阵结束后，三九郎曾跟幸村把酒言欢，哪知此时此地竟会跟幸村重逢。

然而，三九郎别无选择。他是大御所家康的旗本，所以他别无选择，只得一挺长枪，冲向幸村。

月影倏然一闪，躲开了他的进攻。

真田幸村用双腿夹紧马腹，转过头来。他满脸血污、尘土，连眉目都看不分明。

"吃我一枪！"

三九郎毫不退缩，再次将长枪刺向马背上的幸村。

第拾伍话

"这下子彻底完了……"见情势如此混乱，德川家康深陷绝望，黯然对家臣说道，"这首级万万不可被敌军夺去！快点帮我介错！"

"哼！"

泷川三九郎的长枪直指真田幸村的左大腿，却被幸村猛地拨开。

三九郎一绩险些摔倒。

幸村的神力从何而来？论刀枪之术，泷川三九郎自诩胜人一筹。

十余年前，伯耆米子城的中村家内乱之际，泷川三九郎曾以"中村一忠家臣"的身份跟敌方的柳生五郎右卫门展开一场死斗，结果左腿被砍，黯然负伤。需知，那个柳生五郎右卫门正是三九郎的刀术师父，以武艺名闻四海。碰上这等高人，三九郎哪有不输之理。

冬之阵罢兵后，真田幸村曾去沼田真田家的阵所探亲。当时的幸村略显发福，背脊也有些弯，全无骁勇之色。

幸村诚然是无双智将，以谋略、战术见长，却绝非陷阵杀敌的猛将。

三九郎不但迎娶了幸村那无法生育的妹妹，而且笑道："得此贤妻，三九郎三生有幸。"

真田幸村紧握三九郎双手，低头致谢："感激不尽……"

当时的幸村一身老态，不禁令三九郎想到去上田城见到幸村之父昌幸的情景。

幸村回大坂城时，三九郎将他送至平野川畔。幸村揽住三九郎的肩头，喃喃道："恐怕日后会再度跟你敌对。"

那声音兀自在三九郎耳边回响。当时的三九郎，岂会想到那幸村竟当真直捣了大御所的本阵，而且现身眼前。被幸村拨开的长枪犹未离手，三九郎却乱了脚步，险些一跤坐倒。

事后，三九郎对妻子於菊感叹道："当时，你哥哥大可一枪将我了结……"

然而，幸村无意取三九郎性命。见三九郎打算卷土重来，他便高举片镰枪，朝三九郎头盔侧面一击。

"唔……"

幸村的腕力难以估量。三九郎终难招架，跌坐在地，匆忙间抬头一看，马背上的幸村分明在笑。

"哼哼，哈哈哈！"

他本可一枪了结泷川三九郎的性命。

"你哥哥满面鲜血，胜似鬼神……可……可他竟在微笑……"三九郎向於菊叹道，"那真是何等豪迈，何等英勇……"

三九郎如做梦般眯起眼睛，感慨万千，只见真田幸村又是微微一笑，掉转马头，率数名士兵一同冲向山顶。

德川家康手忙脚乱爬上马背，由数名旗本陪着逃向西山脚。

山丘上，五十名旗本摆开阵势，不惜性命给家康守住一条退路。

见状，真田幸村和手下士兵直接杀向那些旗本。怒号、鲜血和刀枪的碰撞之响混为一体。

真田幸村的抱角头盔在倒地的人马间穿梭，顺势下山。

"这下子彻底完了……"见情势如此混乱，德川家康深陷绝望，黯然对家臣说道，"这首级万万不可被敌军夺去！快点帮我介错！"

他甚至都有了切腹自杀的念头。

有史料称，混乱之中，大御所家康两度想要切腹。

家康家臣中有个名唤高野文珠院势誉的僧侣。他百般劝阻家康，说道："大人！时候未到！尚望您三思啊！"

被真田部队击破的酒井、内藤、松平等队若再晚些集结救驾，只怕大御所家康真就命丧黄泉了。

这里顺带澄清一下，家康的那些旗本不是被真田部队击败，而是——不战而逃了一里半里。不管真田部队的攻势如何猛烈，这一事实都绝无辩解余地。日后，德川家康、秀忠父子无疑狠狠收拾了这群胆小鼠辈，怎奈此事又无法公布。一旦公布，只会给天下百姓提供一个笑柄。

"德川家旗本竟如此胆小……"

那便意味着德川幕府、将军和大御所皆会被人耻笑，德川幕府的面子就保不住了。因之，德川家史录中对此事绝口不提。

由真田、毛利、大野（治房）担任主轴的大坂部队所发动的突袭，堪称孤注一掷，却跟成功失之交臂。

皆因双方兵力悬殊。而且，大坂部队几乎没有人全身而退。

真田幸村冲向家康本阵之时，身旁仅剩三四十骑。凭着这点儿兵力，如何追击德川家康？

反观关东，虽狼狈不堪又惊恐万状，但大军实力尚存，早晚便会重振旗鼓。

"回天乏术……"

毛利胜永聚拢残兵剩将，退回了大坂城，打算回城随秀赖公同死。关东部队当时正一片混乱，甚至出现了自相残杀的窘况，然而真田、毛利、大野这三支部队一去，情势瞬间逆转。

关东大军整顿队伍，击退了负隅顽抗的强敌，开始朝北方推进。

那大概是午后三时的事情。

第拾陆话

　　目前的茶臼山，成了一个大游乐园。而该山北侧的一心寺尚保存完好。一心寺便是大坂冬之阵时的德川家康本阵。沿该寺北侧的大道东行，就到了四天王寺的西门。由此再往西行，沿斜坡而下，便是今宫地区。

　　大道北侧有个小神社，石门柱前立有石碑，上刻"安居神社"四个大字，正是安居天满宫。那些门柱，昔日本是鸟居。目前的鸟居则位于门柱内侧。

　　如前所述，天王寺、茶臼山是大坂地区的两大高台，而关东部队正是沿那斜面（坡道）一路攻上。安居天满宫西侧有一悬崖，当时的地形依稀可辨。

　　左卫门佐真田幸村无望拿下德川家康的人头，不觉跟毛利胜永一样萌生"回城随秀赖公同死"的想法。

　　幸村来到安居天神西侧的悬崖下。

　　就只剩下他了。

幸村也好，爱马月影也罢，均是伤痕累累。突然，月影哀鸣一声，前脚跪地。腹部、腿部、颈部、脚尖……处处是枪伤。月影已然用尽最后一丝力气。

月影缓缓倒地，马鞍上的幸村亦徐徐滑至田地之中。

幸村一如爱马，身心俱疲。

关东部队好容易才挡住大坂部队的猛烈反击，再度杀向大坂城。喊声不绝于耳，悬崖下却没有敌人，亦无战友。

幸村挣扎着坐起，将月影的头拥入怀中。

"好孩儿……"

幸村用沙哑的声音称赞着爱马。月影眨了眨眼，将鼻梁凑了过来。

"好孩儿……好孩儿……"

幸村亦将脸庞凑向月影的颧骨。月影轻声嘶鸣，马头一沉，落入幸村臂弯。

就此气绝。

幸村捧着月影的马头，纹丝不动。战场的尘土稍稍散去，午后青空赫然见诸头顶。

（就这样了……回天乏术了……）

真田幸村浑身是伤，体力耗尽，全身沉重得如灌了铅。那简直不再像是他的身体。

双眼近乎失明的幸村努力环视四周。

向月影的遗体合十之后，幸村以长枪撑起身来，顺着田间小路与山路走进了安居天满宫。安居天满宫呈细长形，被深深的树林和竹林包裹，境内尚无战士遗体。幸村来到神社殿前叩首行礼，摘下抱角头盔，双手合十，低下头来。

他决意就此自尽。

战斗的动静逐渐远去，树丛中蝉鸣阵阵。

幸村借着长枪，再次起身。那长枪早就不是开战时那把片镰枪了。激斗之中，片镰枪折成了两半。幸村先后夺了敌人的两支长枪，忘我厮杀。

幸村喘息着走进社殿后方的树丛，跟跟跄跄南行。汗水、鲜血和尘土沾满了幸村的身体和甲胄。血汗早都干了。幸村右手持枪，左手捧着父亲留下的抱角头盔，走着走着，突然看见了一个小池塘。

（此地不错……）

幸村松开长枪，双手捧着头盔，坐到了草地上。

"啊！"幸村猛然一惊，喊道，"佐……佐平次……"

不错，正是向井佐平次。佐平次躺在左侧的树丛里，脸庞正对着幸村。

"佐平次……"幸村匍匐而去，"佐平次……佐平次……"

一次又一次呼唤。

向井佐平次默然不答。他早就归天了。遗体周围，尽是干透了的血迹。

他是如何来到安居天满宫的树丛里的？身负重伤的佐平次许是想选个"僻静地方"离世，便用尽最后一丝力气来到此地。

真田幸村抱起向井佐平次，一如适才抱住月影。

佐平次遗容安详，仿佛正做着甘甜美梦。估计他刚一开战便受了枪伤。

"佐平次……我二人终能死在一处……"

初夏阳光自树影间洒落，四周亮堂堂的。

若是冬天，定已被夕暮笼罩。

（父亲……没办法了……）

幸村默默回想着亡父昌幸。

（棋差一着，到底让家康老贼溜了……家康确实强运……）

远方传来一声幽幽的枪响。

（但……但我左卫门佐奋力一战……父亲……这就够了吧？）

不甘自是数之不尽。冬、夏两阵，若大坂全军肯听从幸村指挥，全面信赖幸村，许不会走到今天这般境地。

"无奈……无奈大坂的总帅不是我啊……"

一声叹息，尽归徒然。

唯一让幸村欣慰的是，真田家旧臣和加盟真田部队的浪人战将们对他深信不疑，有命必遵，拼死战斗到了最后一刻。

幸村的意识逐渐蒙眬之际，池塘远处的树丛中出现一个人影。

来人瞧见了幸村和佐平次，立刻端起长枪，绕池塘岸边缓缓走来。

幸村虽然意识蒙眬，却察觉有人来了。只见他用左臂揽着向井佐平次的肩，右手一指脖子，对来人笑道："拿去领赏吧。"

来人到底有没有听见，无从得知。反正他正戒心十足地持枪凝立，纹丝不动。

幸村不再理会那人，只是抱着佐平次仰面倒进草丛，没了动静。

左卫门佐真田幸村四十九岁的生涯，至此宣告完结。

带回真田幸村首级之人，是越前部队的一名士兵——西尾仁左卫门。

当时，德川家康将本阵推至了茶臼山。

幸村的叔父隐岐守信尹验明首级，禀道："这确是左卫门佐。"

家康点点头，再度望向西尾仁左卫门。

"你是如何拿下真田左卫门佐的？"

西尾低着头道："以长枪交战一二回合，然后……"

家康不容他说完，便狠狠瞪了他一眼，大吼道："闭嘴！"

"是……"

"堂堂左卫门佐真田幸村，岂会跟你这般无名小卒动手！"

家康将西尾骂了个狗血淋头，他一眼便知那首级定是西尾待幸村断气后才砍下来的。

"蠢货！"大御所家康瞪着被吓得趴在地上的西尾仁左卫门，喝道，"退下！"

家康甚是不悦，边说边挥了挥手。

西尾悄然离去。事后，西尾仁左卫门没得到半点封赏。

第六章　落城

第壹话

是日黄昏前，大御所德川家康将本阵推至了茶臼山。

真田、毛利的猛攻险些让家康老命不保，万幸此际幸村殒命，毛利胜永则跟大野治房退回了大坂城。接下来，只消静候落城之时……

战记称，天王寺、冈山两口之西军大败，将士大抵战死，余者退回城中，东军乘胜攻至三丸。

前夜悄悄去了大坂城东北侧的关东部队和扎营城北天满川中洲（中之岛）的池田利隆部队一听说城南西军败退，立刻渡河攻向城门。

（没救了……）

大坂的浪人战将纷纷动念匿去，怎奈关东部队很快就冲到了城内三丸，冲进那里的民居和武将府邸烧杀抢掠。

是日，丰臣秀赖本拟按照商量好的出阵。他特意穿上梨皮点红线铠甲，来到本丸的千席间静待时机。被幸村骂回大坂城的真田大助再三哀求秀赖快快行动。

战记称，大助幸昌至千席间述其父幸村之言，秀赖欣然欲行，自言早有觉悟一死。

他是真有出阵的打算。然而，淀君等女眷和一干近臣强烈反对此事，唯恐秀赖性命有碍，坚持不放他出城。

双方僵持不下，唯有时间无情流逝。更何况这些人置身本丸，根本无从知晓战况。

丰臣秀赖忍无可忍，喝道："备马！"

秀赖出了奥御殿，跨上名唤"太平乐"的黑马，带上亡父太阁秀吉留下的二十面金旗和十条茜色飘带，手持玳瑁千本枪，率金瓢马印一同自大玄关走向樱门。

只恨一切都晚了……

等候着秀赖的，竟然是冈山口和天王寺口的战报。

太阁秀吉留下的老臣速水甲斐守见状，登时明白眼前只有退回去坚守本丸，倘若再无回旋余地，就只有自尽一条路了，结果硬是将秀赖带回了千席间。

这时，留守城内的大野治长打出了最后一张牌。先前被刺时落下的伤口一度开裂，鲜血直流，痛不欲生。但是，他没有放弃最后一丝希望。

那便是大坂城内的秀赖之妻——千姬。

千姬是现任将军德川秀忠之女，亦是大御所家康的亲孙女。大野治长想出来的办法，正是让她去恳求德川家康饶了淀君和秀赖。

大野治长的这种小算盘，家康哪里会想不到呢？实际上，家康一直寻思着该如何救出孙女千姬。

此事暂且不论……

家康将本阵设至茶臼山时，特意对前来谒见的本多正信、正纯父子和其余重臣、大名说道："都别忘了泷川三九郎的神勇表现！"

真田、毛利挥军突袭之际，众旗本丢下家康和秀忠仓皇鼠蹿，无疑跟坚守岗位的泷川三九郎形成鲜明对比。

说到五月七日那一天，淀君的侍女阿菊留下了一册笔录——《阿菊物语》。按照《阿菊物语》的说法，两军自城南开战之后，城内奥御殿的女眷们对未来兀自抱有希望。

（不会落城的……大坂城不会失守！不会！）

她们坚信，就算战壕被埋，巨大的大坂城都不会失守。哪知片刻之后，关东部队便杀了进来，一把火烧光城内的防备设施。见状，本丸奥御殿一片哗然。

阿菊明白关东部队就要踏进本丸……

"取出三件单衣叠穿，着三枚围腰布，将秀赖公所赐明镜藏于怀中……"

她来到御殿的大台所一看，走廊上竟丢着一支金瓢马印。金瓢马印出现之地，便是丰臣家总帅出现之地。方才随丰臣秀赖去了樱门的马印，这时竟被乱丢。

阿菊立刻喊来两名侍女，说道："丢在这儿简直是给丰臣家抹黑！"

"不错！"

家丑不宜外扬，侍女们索性将马印敲得粉碎。

就是那时，大台所突然失火。

大台所的管理者大角与左卫门早就投了关东，这把火正是他放的。

火势很快蔓延，城内乱作一团。本丸怕是没得守了。丰臣秀赖和淀君由几个家臣、侍女陪着，匆匆逃离本丸。

火势疯狂纵横，却无人出头灭火。

秀赖一行的避难地点，是大坂城之北郭——山里曲轮。

本丸北侧，便是这山里曲轮，其位置比本丸略低。这里有太阁秀吉建造的风雅茶室，当年他曾来此跟千利休等人享受茶道。闲寂的茶苑结合种有紫藤、樱花、梅花的庭院，犹如仙境桃源。有史录表明，朝鲜战争告一段落的文禄三年，北政所（秀吉夫人）曾和淀君联袂来山里曲轮赏花。

这里昔日有一个金瓦屋顶的小御殿，甚是秀美。最重要的是，山里曲轮内侧的束带曲轮里面，有一个名曰"糒库"的矢仓。该矢仓另有"荒和布藏"之别称，算是一个粮食仓库。

秀赖一行正是躲进这个粮仓。

粮仓两间宽、五间长，里面一头是秀赖，另一头是淀君和秀赖的妻子千姬，中间则是一众侍女、家臣。家臣之中，自然有真田大助的身影。

淀君似乎将千姬当成了人质，一直拉着她不肯松手。

第贰话

"东军见城中失火，争相进攻，冲破三丸木栅。越前部队火烧大野治长府邸，其余士兵则四下放火。城中无指挥防卫之将。午后五时，二丸失陷。"

正如战记所示，城内一时战火弥漫。渡边糺父子、糺母正荣尼、堀田正高、成田兵藏、中岛氏种等家臣相继自杀。而大野治长的两个弟弟——上午时奋战冈山口的大野治房、治胤——则逃离城中，然而很快就被抓获，斩首示众。

这时，大野治长和千姬的贴身老女刑部卿局竟将千姬从淀君手里要了出来，交到了德川家康的本阵，欲以此交换秀赖和淀君之命。

此事众说纷纭，实情无人知晓，但治长确实让千姬安然出了大坂城。

战记称，治长对德川氏侍女（千姬陪嫁侍女）坦言情势大恶，宜速淀君让夫人（千姬）出城，求大御所留其夫秀赖母子之命。

结果，刑部卿局等人陪着千姬出了糒库。

城郭研究家樱井成广先生的著作《丰臣秀吉居城》里面有如下一段野史。

见淀君时刻不离千姬左右，众侍女一时大呼道："啊，大人他……"

淀君大惊，只当秀赖出了事情，立刻去瞧。千姬和五名侍女抓住这个机会，从糒库窗口钻出，沿石垣离城而去……

"若此事属实，则矢仓北侧窗下便是山里曲轮平地。"

樱井先生如是分析道。

大野治长家老米村权右卫门以治长使者的身份陪同千姬出城。

城内一片火海，一部分关东部队踏进了本丸。

千姬一行虽逃出糒库，却不知该去哪个方向，在石垣下晕头转向了许久。

大坂浪人堀内氏久恰好路过，见眼前人竟是千姬，一时大惊。听米村权右卫门解释完事情的来龙去脉，他毅然决定领路，指挥几名士兵助千姬一行出城。

堀内氏久和兄长氏弘同时来到大坂城，两兄弟之父堀内安房守曾是纪州新宫城主。关原之战时，堀内安房守支持西军，战后被没收封地，一个月前病逝熊本。堀内氏久陪着千姬一行出城，到底是不是想要自保，无从得知。

总之，氏久不知从哪里弄了顶轿子，让千姬上轿，突破烟火重围出城。

他们撞上了关东部队的将领——出羽守坂崎直盛。直盛是石见国津和野地区的城主，封地四万石。德川家康曾公开宣布，若有人从城中救出千姬，便将千姬许配给他。结果后来就有了一种说法，称坂崎直盛自告奋勇，冲进烈火熊熊的大坂城救出千姬。

　　然而，这件事没有兑现。大坂夏之阵的次年，千姬嫁给了本多忠刻。忠刻之父政重正是真田信之妻子小松殿的亲弟弟。见家康不顾诺言将千姬嫁给本多家，坂崎直盛勃然大怒，甚至袭击了千姬的出嫁队伍，企图抢亲。无奈此事败露，幕府遂命他切腹谢罪。

　　千姬和坂崎出羽守的传说曾无数次搬上舞台和荧幕，堪称跌宕起伏，扣人心弦。传说就按下不表，反正这个坂崎直盛确实跟堀内氏久一路将千姬的轿子送到了关东阵所；而他奉命切腹，封地皆被没收亦是事实。他到底是如何混到那般境地，历来众说纷纭，这里就不再插一嘴了。

　　战火平息之后，堀内氏弘、氏久兄弟和其家人果然得到赦免，没了性命之忧。氏久就此投靠德川家，当上了藤堂高虎的家臣。

　　话说回来，大坂城失守之际，堀内氏久何以竟上街闲晃？其实他本来是想寻得兄长一同自杀，哪知寻到糒库石垣附近竟撞见千姬一行，真是命不该绝。仗着这番奇遇，他和被捕的兄长氏弘不但留得性命，甚至获得了出人头地的良机。

　　冥冥之中，一切似皆有机缘，确实是人算不如天算。

　　史料称，千姬一行抵达了佐渡守本多正信那里，当夜便去求家康开恩。千姬的第一站便是德川家重臣正信的阵所，皆因家康曾再三表示正信不是家臣，而是老友。因之，她当然希望正信出面帮腔。

　　正信见千姬得救，登时又惊又喜，立刻去了附近茶臼山的家康阵所。见到家康之后，正信没有阐述他本人的意见，只是把千姬的哀恳照实向家康说了。

　　家康听罢，亦未询问正信的意见，而是缓缓说道："此事当由将军抉择。"

正信便又跑去了冈山的秀忠本阵。

千姬之父德川秀忠听闻此事，恼火得脸都红了，拍案大怒道："放肆！千姬是秀赖之妻，何以竟不随夫同死？太丢脸了！让她给我回城里去！"

正信只得再三劝阻，撇撇嘴返回他的阵所。他常年侍奉家康和秀忠父子，深知这两人的性子。

（欲速则不达……）

落城只是时间问题，何况千姬又不是大坂丰臣家的人质。换言之，这不是拿千姬一命去换秀赖母子两命的问题，而是丰臣家单方面希望饶了秀赖和淀君。

如此情势下，德川家康会有何算盘？佐渡守正信自是一清二楚。

正信回到阵所。一手保证千姬周全，另一手则喊来大野治长的使者——米村权右卫门。正信自称正设法向家康和秀忠求情，希望米村先歇息片刻，继而又端出好酒好菜来招待他。

米村再三推脱，到底经不住正信和家臣们的劝说，开始端杯举箸。他担惊受怕，又奔走了整整一天，身体上、精神上都累得不行，此际酒足饭饱，再被正信那些家臣一劝，登时躺了下来，沉沉睡去。

第叁话

那一年，千姬芳龄十九。

庆长八年，德川家康兑现了他对太阁秀吉的承诺，让孙女千姬远嫁大坂。

当年的千姬尚是七岁幼童，秀赖亦只有十一岁呢。

千姬是将军秀忠和淀君之妹小督（江与）的长女。就是说，她是淀君的外甥女。

这门亲事是丰臣秀吉一手安排的政治婚姻。

十一岁和七岁的孩童就算成了亲，总不会立刻开始夫妻生活吧？秀赖与千姬"如兄妹般"相亲相爱，在大坂城中过着太平的日子。

有些史家称二人感情不和以致膝下无子，其实不然。正因两人成亲时皆是孩童，才孕育出了近乎纯粹的爱情。近年来，日本各地陆续发现足以佐证这一推论的记录和千姬的亲笔信。千姬长大后两人的夫妻关系到底如何，此事诚难知晓，但其幼年的"千姬"之名竟一直用至婚后，这一点着实惹人深思。

秀赖和千姬之间，兴许一直都存有清纯的爱情……

对了，丰臣秀赖和侧室育有一男一女。男孩名唤国松，大坂城失守时只有八岁。那女孩则是七岁。战争结束后的五月二十一日，藏匿于伏见地区的国松被搜了出来，两日后于六条河原斩首。丰前小仓城主细川忠兴听闻此事，一度哀叹国松的人生之惨。而那个女孩则幸免于难，至镰仓地区的东庆寺当了尼姑。

五月七日的夜间——

大野治长成功让千姬出城之后，强忍着伤口撕裂的疼痛，苦苦等待喜报。无奈其家臣米村权右卫门一直未归。

矢仓糒库虽未着火，但附近的本丸地区犹自熊熊燃烧，烟雾呛人。

鹬野小山丘的树林里，草者阿江凝视着火光中的大坂城。

冬之阵时，鹬野曾是上杉景胜的营地。

关东部队的火把在各处摇曳，诸队的篝火亦在燃烧。他们加强戒备，不肯放过任何一个从城中逃脱的浪人战将。

然而，阿江的身子与深深的树丛融为一体，那些士兵绝对发现不了。

阿江纹丝不动。她没有见到真田幸村、九度山家臣、向井佐平次父子和其余草者的尸首，却明白决战结束，众人皆无幸免之理。

数日前，阿江去了下久我的忍宿，让负责留守的权左先立刻去近江国彦根地区的忍宿报信。彦根忍宿就是另一草者横泽与七开的商铺，那里尚有另三名草者帮忙照看。

商铺"钱屋"主营货币兑换。眼下货币流通正盛，正是客似云来，生意兴隆的时候。而"钱屋"经营所得，便成了草者的活动经费和真田幸村去大坂城时的费用。

情势不等人。草者阿忆若真是被关东忍者抓去，难保不会招出草者的忍宿和小屋地点。因此，阿江让权左快去彦根，告诉横泽与七早日离开彦根地区。

权左虽有九十高龄，身子却甚硬朗，行动非常灵便。

夜泣峠的小屋早就人去楼空了。

真田幸村再三警告阿江，不许她陪着出阵。

下久我和彦根的草者都需要阿江照料。

阿江极其不解。只消让权左去彦根报个信，横泽与七便自然会安排好一切。

阿江只想女扮男装，穿上足轻武装，出阵随大人同死……

（唉，当时真该跟去才是啊！哪怕因此惹得大人动怒，我都想跟着去啊……）

阿江悔不当初。然而，真田幸村的命令对当时的阿江而言便是绝对。

（我从此该如何是好……）

阿江顿觉孤身一人。

（又该做些什么？）

阿江彻底茫然。不管怎样寻思，脑袋里都是空空一片。

黎明时分，大坂城的火势终于减弱，而阿江早就离开了鹬野地区的树林。

第肆话

大御所家康亲口提出宽恕淀君和秀赖，将军秀忠却坚称他才是幕府将军，有权抉择此事。

翌日（五月八日）的早晨，天空蒙着一层薄云。

一切风平浪静，唯有无比闷热。大坂城彻底被关东部队占领。

家康命片桐且元追查丰臣秀赖的下落。

不一会儿，且元便来禀报秀赖一行藏进了山里曲轮的糒库。

家康有没有向千姬询问淀君和秀赖的下落？就算问了，想来千姬都会答称不知，要不然就是"那二位和孙女分开了"——除非家康承诺饶了二人性命。

同样，米村权右卫门亦不会失口说出此事。

德川家康根本懒得盘问千姬一行。被大火烧毁的大坂城附近皆被关东部队死死围住，而本丸亦被关东部队控制住了。

片桐且元深谙大坂城内部结构，有他出面，不费吹灰之力便会寻到。

大坂战役打响前，片桐且元奉淀君和秀赖之命忘我奔波，千方百计阻止双方动兵，无奈那都是竹篮打水一场空。片桐且元的器量，到底无法跟德川家康的谋略抗衡。最次最次，他该说服淀君和秀赖承认德川家康的地位，可惜他就是缺乏这种说服能力和政治手腕。总之，片桐且元不足以维持丰臣家的存续。

且元无疑操碎了心，他确实尽力了。努力付诸东流，又被丰臣家扣上"阴结关东"的臭名，竟致他难以留下度日，唯有黯然离城。然而，他后续的动向确实谈不上"光明磊落"四字。

离开大坂城之后，且元投向关东，将大坂城内的情况细细禀报家康，甚至亲自率军出阵。此番的大坂夏之阵，他亦是将军秀忠的先锋之一，随其余先锋部队攻打冈山口，却被大野治房狠狠反击，士兵颇有死伤；眼下又受命搜寻丰臣秀赖的下落，而且要直接禀告家康。

短短半年之前，他尚是秀赖的家臣。

何等令人不快的职责。然而，且元没有选择。整个天下都是德川家的囊中之物，要保片桐家的安泰，就唯有"向德川幕府尽心尽力"这一条路。

"片桐且元才是真正的叛徒！"

怪不得后世学者会如此评价且元。

然而，作者我觉得片桐且元此人实是大有可怜之处。他无意间肩负重任，却又缺乏完成重任的器量和才干……这难道是他的错？他毕竟不是真田幸村。

是月二十八日，大坂城失守不久，片桐且元因病暴毙，享年整一甲子。

辛劳和屈辱，让且元不堪重负。

查明淀君和丰臣秀赖躲到糒库之后，下一个问题就是如何对待他们。

德川家康早就想清楚了。

将军秀忠先派安藤重信、本多正重侦察糒库附近地区，又命井伊直孝（近江彦根，十五万石）牢牢守住糒库。

接着，家康派加贺爪忠澄和丰岛信满担任使者，来到糒库门口，提议让二位局去茶臼山的家康本阵充当双方的联络人。

大野治长唯有点头接受。二位局就这样出了糒库，平安抵达茶臼山。

二位局是筑后守渡边胜之母。这个渡边筑后守是丰臣家的家臣，有一千五百石的俸禄。然而，有资料表明，大坂战役尚未开打，这个人就投靠了德川家。如此一来，留下伺候淀君的二位局到底是怎样一个情况呢？

渡边筑后守自然会将大坂城内的情况细细禀报家康。而家康点名要二位局负责联络，将她接回本阵，无疑是想救她一命。

草者阿江曾向真田幸村叹息大坂城内的关东间谍数不胜数，正是指的这一类事情。

二位局一到茶臼山，便将糒库里面的人名一一说出。

丰臣秀赖（二十三岁）、淀君（一说四十九岁）、大野治长、治长之子治德。

速水甲斐守父子、毛利胜永父子、高桥半三郎（十五岁）等若干小姓。

竹田永翁等若干丰臣家家臣，其中包括真田大助幸昌。

女眷则有大野治长之母大藏卿局、木村重成之母（秀赖乳母）右京太夫局等，共计六人。

糒库中总计三十余人。史录称，家康细细询问了秀赖衣着及城内人员姓名，将二位局留在阵中。

此时，将军秀忠来到茶臼山本阵，恭贺道："幸赖大御所大人洪福，我军大破丰臣家。"

家康正色，用四周将士均能听见的洪亮嗓音说道："为保天下太平，绝不可有丝毫懈怠。三年内，免诸大名筑江户城课役。"

接着，他又招呼将军儿子凑近一些，对秀忠耳语了几句。耳语的时间不长，一旁众人自然不知内容。

刚跟将军秀忠说完，家康便朗然说道："唉，我们就饶了丰臣秀赖的叛逆之罪吧……"

秀忠立刻答道："此事请交由秀忠裁量。"

"那好吧。"

家康用力点头，父子俩合伙演了出戏。

大御所家康亲口提出宽恕淀君和秀赖，将军秀忠却坚称他才是幕府将军，有权抉择此事。两人一问一答演给臣子们看，想来佐渡守本多正信自是暗暗苦笑。

家康根本不打算饶了淀君和秀赖。然而，他千方百计诛灭丰臣家，恐怕是暗中有愧……

如此一演，不啻昭告天下："德川家亦有仁慈之心。"

将军秀忠一回本阵，便派井伊直孝去糒库宣布丰臣秀赖该切腹了，希望秀赖慷慨赴死。井伊直孝从命来到糒库，宣布了将军之谕。

不知淀君和秀赖会有何感想？别忘了，淀君曾满怀期许，觉得只要让千姬平安回到德川家，对方便会饶爱子一命。

井伊直孝说罢便退出糒库，派铁炮队开枪扫射糒库。

震耳欲聋的响动，宣告事态再无逆转可能。

须臾，糒库中窜出火舌。屋里的某个人放了火，一干人等"悉数自杀"——无人生还。众人的最后一刻由此无从知晓。

伊达政宗事后说道："真是遗憾，一贯高傲的淀君就这样香消玉殒了。"

丰臣家的灭亡和淀君、秀赖母子之死，素来受到人们的同情。

德川家康过分强硬的谋略，大大加重了丰臣家的悲剧色彩。

第伍话

大坂战将和战士们的英勇表现，让关东部队的那些大名深感震撼。左卫门佐真田幸村的英姿更是震古烁今。

元和元年五月七日的大坂夏之阵，这最后一场血战将"真田幸村"四字铭刻于历史画卷之中。萨摩岛津家的史录有云："真田左卫门佐攻向大御所阵所，御阵众（家康旗本）四散而去，遭幸村斩杀。御阵众窜逃三里（十二公里）之遥。"而第三次攻击之后，则是，"真田亦战死。真田乃日本第一强将，古今四海，无人能出其右。"而细川忠兴和大坂部队交锋之后，则向留守封地的老臣去信言道："真田、后藤之功，古今四海无人能敌。"

同样是五月七日那天，长宗我部盛亲逃离大坂，四天后（十一日）被捕，十五日送至三条河原斩首，可谓死无其所。

本欲偷袭家康却未得幸村联络的明石全登亦逃离大坂，此后行踪不明。这个人估计不会自杀——全登是虔诚的基督徒，教名杰邦尼。基督教不允许自杀。

再说说那个伊木七郎右卫门……

他本是丰臣家派去的监军，却如幸村家臣般信赖幸村，执意追随幸村出阵。他舍身杀敌，却没有阵亡。有资料称，伊木逃离大坂，跟真野赖包互刺而亡。真野赖包的养父真野助宗是丰臣家的家臣，曾担任大坂城七手组之组头，换句话说就是旗本队长。但是，有说法称赖包没有自杀，而是当了藤堂高虎的家臣。

不管他了，反正伊木七郎右卫门自杀的可信度是比较高的。

糒库之中，十四岁的真田大助陪着丰臣秀赖结束了短暂一生。

坊间曾盛传丰臣秀赖溜出糒库，自海路去了九州，投靠了萨摩地区的岛津家。而真田大助就一路陪着秀赖。大坂战役结束后，这一谣传经久不衰，脍炙人口。

纵然到了现下，都经常看到秀赖幸存的说法，更有一大批这方面的研究著作问世，有这方面内容的小说就更别提了。甚至都有真田幸村活下来的说法。[1]

---

[1] 这"真田幸村生存说"版本甚杂，但大抵都跟九州的萨摩地区有关。譬如最早赞颂真田幸村的《真田三代记》就称当时阵亡的是影武者，大坂城内由木村重成假扮秀赖赴死，幸村本人则和大助陪秀赖登上岛津家的战船，一路去了萨摩。次年十月十一日，幸村以积劳成疾之故，吐血身亡。另有一说，幸村来到萨摩之后，自称芦冢左卫门，夫人生下的新儿子则冠以"真江田"之姓。又有一说，秀赖和鹿儿岛的酒馆女孩生下一子，正是日后策动"岛原之乱"（基督教信徒大暴动）的天草四郎，而大助则当了秀赖之子的军师。除此尚有其余几种野史。（一）秋田县大馆市的一心寺内有幸村之墓，据说幸村带着大助到各地给秀赖祈求冥福，最后来到该寺隐居，自称饭田市兵卫，宽永十八年以七十六岁高龄圆寂。（二）真田信之就任松代藩主之后，有一个家臣每年的同一时间都会离奇消失，他似乎是信之的使者，替信之去看望隐居山间的幸村。（三）从大坂失守的次年（元和二年）开始，有一位武士每年都会去九度山的真田昌幸故居替幸村祭奠亡父，如此持续九年，直到第十年幸村病殁才不再来。该说法来自九度山的善名称院（真田庵）众尼。（四）幸村蛰居九度山时，常常跟附近的商人奈良屋角左卫门对弈，去大坂城之前，他将家中棋盘赠给了此人。大坂战役结束的次年春天，有幸村之家臣向角左卫门带话道："别来无恙乎？我等都好。"尔后五年，年年皆至，直到第六年才不见人影。

诸说之真伪不论，反正本故事一概不用。

伊豆守真田信之得知这些说法之后，没有理会丰臣秀赖的下落，只是对幸村活下来的谣言付之一笑。

"左卫门佐这般汉子，断不会苟且偷生。"

五月十五日的夜晚，江户樱田府邸的信之从德川家臣——叔父隐岐守真田信尹——使者口中得知幸村逝去。

叔父的信函之中，将五月七日的血战讲得甚是详细。信之读完信函，不禁浑身颤抖，就像是得了疟疾。

傍晚时分的小雨一直淅淅沥沥。

见信之神情异样，两名家臣大惊，慌忙说道："主公……"

只听信之暴喝道："退下！"

"是……"

"退下！"

信之几乎从不疾言厉色。家臣只得陪着真田隐岐守的使者离去。

真田信之将叔父的信函看了又看。

战阵尘埃中奋力一搏……弟弟的身姿仿佛近在眼前。

平日里眼神温柔的幸村一上战场，便会怒目圆睁，熠熠生辉。

"唔……"

真田信之不禁闭上双目，捏着信函的右手微微颤抖。想当年，他曾跟弟弟一同纵横信州、上州的战阵。叔父的信函，唤醒了尘封许久的往昔。

信之呆坐许久，突然疯狂跑向走廊。

微雨的庭院之中，深深的黑暗之中，信之不断呼唤着弟弟。

"左卫门佐！左卫门佐！左卫门佐……"

第陆话

确认丰臣秀赖和淀君归天之后，德川家康由几个家臣陪着横穿大坂城内，沿京都街道去了二条城。关东方面的将士皆全然不知此事。

冬之阵结束后，家康亦曾暗中撤回京都。

当夜，家康冒着大雨，骑马抵达二条城。

这天一大早便是薄云笼罩，闷热异常，下午竟然晴了。

家康兴高采烈，仰望着万里无云的天空，笑道："照这天色，不久便会下雨。"

果然被他言中。

翌日——五月九日，将军德川秀忠回到了伏见城。

搜索大坂城剩余兵将的行动尚未结束，每日均有大坂余党遭殃。

"携六百余大坂残党首级邀功。"

"大坂残党七十三人于粟田口及东寺一带斩首示众。"

类似的史料比比皆是。

二条城中，德川家康为处理各项战后事务忙得手忙脚乱。

对关东诸将的赏罚自不用说，还得将兵马留在京都压阵，否则难保情势不变。

逃脱的将士尚未一网打尽，世人对丰臣家的同情之念日渐高涨。

六月十五日，家康带着几个家臣进宫谒见天皇，献上百枚银币、二百把棉，且不忘馈赠各位女院、女御。

就是这一天，藏身高野山莲华定院的幸村妻女被押到了二条城。

今年正月，德川家康暗中促使信之、幸村兄弟至京都小野阿通府邸密会。当时，真田幸村向兄长信之明言近期就会把妻女送到莲华定院。信之虽是亲兄长，无奈幸村没有接受关东的邀请，这便意味着他跟信之成了敌人。

幸村何以竟将妻女的藏身地轻易告知敌将？要知道……

真田信之回去之后便让长坂理右卫门将此事禀报了家康！正因如此，家康才顺利寻得幸村妻女。

这大概算是因祸得福。

家康实不憎恶真田幸村、后藤基次、木村重成这些勇将，何况又有尽忠职守的泷川三九郎一绩从旁说情。结果，家康将幸村妻女交给了泷川三九郎，充当他此番出阵的报酬。三九郎收幸村之女当了养女，日后把姐姐阿梅嫁给伊达家重臣片仓小十郎，妹妹栗子则嫁给伊予松山城主松平忠知的家臣蒲生源左卫门之子——蒲生乡喜。

片仓家和蒲生家皆自豪娶得幸村之女。

"有幸得左卫门佐大人之女进门，实是三生有幸。"

父亲幸村的奋战，给女儿们带来了幸福生活。

而幸村之妻於利世去了泷川三九郎那里之后，当年冬天便撒手人寰，享年四十一岁。

七月七日，德川家康、秀忠父子于二条城召集诸大名，颁布"武家诸法度十三条"，奠定了德川幕府政权的基础。其内容包括"文武弓马不可松"等。

戒酒色、鼓励节约固然不错，耐人寻味的却是"不得私定婚约"一项。说白了，就是禁止政治婚姻。

关原之战以前，家康曾无视太阁秀吉的禁令，暗自谈妥了好几桩婚事。一旦控制住了天下，他便不得不沿袭秀吉的老路。

法度中又规定诸大名增筑居城时需向幕府禀报，而且禁止另筑新城。

"城如逾百，国之害也。浚垒、浚湟皆大乱之本。"

该法度以封建制度管辖诸国大名，给中央（幕府）集权打下基石。

七月十九日，将军秀忠离开了伏见城，八月四日抵达江户。

真田信之进城恭贺将军凯旋，秀忠却只是冷冷点头示意。

关原之战时留下的芥蒂犹未消除。是年，德川秀忠三十七岁。他继任将军整整十年，贤明固然贤明，却又有顽固不化的一面。

想到信之的弟弟幸村险些夺去父亲家康的人头，秀忠如何挤得出来笑脸？

家康宣布把幸村妻女交给泷川三九郎照顾时，秀忠就挺不高兴的。

家康之所以饶她们不死，其实另有一个缘故——幸村之妻，是大谷吉继之女。

吉继性格笃实，深得家康看重。关原之战打响前，家康曾几番劝吉继投向东军。吉继明知西军举兵是无谋之举，怎奈反复劝告石田三成收手无果，只好投身西军，轰轰烈烈阵亡。

大谷吉继和石田三成大有交情，这真是念着情义而死。而家康最欣赏的恰恰正是这一点。他甚至曾对老臣正信叹道："刑部少辅白白送死，可惜，可惜……"

家康如此欣赏大谷吉继，自然不会虐待幸村妻女。

八月四日，德川家康离开二条城，次日（五日）抵达近江水口，接下来的三日（六日、七日、八日）皆是雨天，家康便逗留水口，听林道春讲解《论语》。

不愧是求知若渴的家康。

二十三日，家康重履骏府。

九月二十六日，将军派土井利胜出使骏府，跟家康密谈数刻。

大战虽然结束，尚有一堆复杂问题需要解决。

二十九日，家康自骏府动身，前往江户。

真田信之仍在江户府邸。撤离大坂的信吉、信政兄弟早就率真田部队回到了沼田。信之留此不动，皆因未得到家康许可。

信之不急着回城。敏感时期，最忌讳贸然行事。

十月十日，家康抵达江户，下榻城内西之丸。

十五日，真田信之得见家康。

一见家康，信之大吃一惊。家康竟然跟先前判若两人。

"还没回沼田啊……"

家康说道。平日里圆润的脸颊瘦了不少，皮肤全无血色，甚至有些发青。自去年至今年，古稀之年的家康不惜两次出阵指挥战阵。这般辛劳，超乎常人想象。

"豆州……"

然而，家康跟信之说话时的声音仍是中气十足。

"豆州，你弟弟着实让老夫吃了一番苦头呢。"

"尚望大人宽宥。"

"我唯有叹服啊！"

信之不知该如何回答，默然片刻之后，开始就家康将幸村妻女交给泷川三九郎照顾一事道谢。

家康摆摆手道："别说了。"吩咐下人整治酒菜。

不久，家康离席而去，忽又回头望向伏地行礼的信之，唤道："豆州。"

"您说。"

"想不想回到上田？"

信州上田城是昔日真田氏本家的居城，关原之战后由德川幕府管理。

信之答道："区区小事，不劳大人费神。"

"唉……这样啊……"

"是。"

家康寻思片刻，喃喃道："总归不如回上田吧。"语毕便走进里间，只留给信之一个背影。

那是真田信之最后一次瞧见家康。